Et tu m'as offert ton soleil

Virginie Sarah-Lou

Et tu m'as offert ton soleil

Pop Littérature

RAMSAY

Et tu m'as offert ton soleil

Première édition

« Le souvenir, c'est la présence invisible »,
Victor Hugo

« On a des mots pour dire une peine légère,
mais les grandes douleurs ne savent se taire »,
Sénèque

Note de l'auteure

Ce roman se déroule majoritairement en 2020, néanmoins, aucune mention sur la Covid 19 n'y sera faite de façon volontaire. La lecture est un formidable outil pour s'évader et se libérer... Profitons-en !

Prologue

Du plus loin que je me souvienne, devenir magicienne était mon rêve. Pas pour exécuter des tours de magie avec des cartes, des colombes ou des couteaux, car avec ma chance légendaire, j'aurais vraiment pu tuer quelqu'un par mégarde. Je voulais devenir magicienne afin d'obtenir le pouvoir de faire naître des sourires sur tous les visages que je croisais. Pourquoi ? Parce que, pour moi, la beauté d'un individu vient de l'aura. Et l'aura, on la perçoit, on la ressent plus qu'on ne la voit. Un sourire éclaire un visage, un sourire fait pétiller un regard, un sourire ensoleille l'existence.

Cette obsession me poursuivait depuis mon plus jeune âge. Je faisais une allergie à l'austérité, à la tristesse, une intolérance aux lèvres qui tombent alors que la gravité n'y était pour rien. Parfois, je me voyais comme un tee-shirt blanc craignant que le jean noir ne lui déteigne dessus. L'inverse eut, de toute façon, semblé plus ardu. Que du blanc ternisse du noir… assez improbable comme situation. Et pourtant, c'était ce que je désirais de toutes mes forces ! Effacer tout le noir qui m'entourait et surtout celui qui enveloppait ma mère. Essayer de faire ressortir son propre soleil et me détacher de sa souffrance avec l'espoir de lui rendre le goût de la vie. Lorsque j'ai compris qu'aucune magie ne coulerait jamais dans mes veines, j'ai dû réfléchir à une autre voie et me battre pour changer la couleur de mon univers.

1

Toutes les larmes n'ont pas le même goût

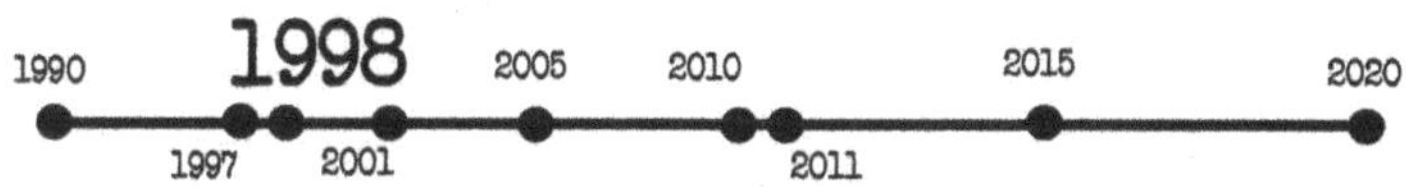

— Maman, pourquoi tu pleures ?

— Pour rien ma chérie, regarde, je ne pleure pas, ce sont juste mes yeux qui débordent, précisa-t-elle en les essuyant. J'ai simplement oublié d'éteindre le tuyau d'eau, ajouta-t-elle mélancolique.

— Ils débordent beaucoup, maman. Tu sais, tu peux me dire ce qui ne va pas, comme ça, je peux te consoler.

Comme à son habitude, maman me prit dans ses bras pour couper court à la conversation. De ses câlins chauds et doux émanait une tendresse bienveillante, mais je savais que c'était une diversion. Elle croyait que je ne comprenais pas, que je ne voyais rien de par mon statut d'enfant. Quelle erreur ! Nous les enfants, nous observons tout ! Ma mère respirait la tristesse, souvent, trop souvent. Et moi, je ne pouvais pas l'aider à garder son sourire qui la rendait si jolie. À mon âge, je me sentais déjà impuissante à l'intérieur de mon petit monde.

— Stop ! Aujourd'hui, c'est moi qui te fais le câlin !

— Mais, enfin, Clémence… C'est moi la maman, affirma-t-elle avec douceur.

— Alors on joue que c'est moi ta maman et je te console !

Elle s'essuya à nouveau les yeux avec le revers de sa manche, renifla discrètement et m'observa de son regard maternel si affectueux.

— D'accord ma puce, viens me prendre dans tes bras. Tu vas me donner de la force et du courage. Quelle chance j'ai d'avoir une petite fille comme toi !

— Je ne suis pas petite ! m'insurgeai-je aussitôt.

— Huit ans, Clémence, ce n'est pas grand.

— Je m'en fiche, lui répondis-je avec une grimace. Allez, arrête de parler et de pleurer. Tu dis toujours qu'on peut pleurer que si on a mal quelque part. Tu es tombée ?

— Heu… Non ma puce.

— Alors il ne faut pas chouiner, lançai-je.

— Mais on peut avoir mal sans tomber, Clémence.

— Je comprends pas comment.

Je la vis réfléchir à sa réponse. Elle ne savait pas ce qu'elle pouvait dire ou non à une enfant. Comment m'expliquer les problèmes de grandes personnes ?

— Quand on devient adulte, on peut avoir mal… à l'intérieur, insista-t-elle en me montrant son cœur et son ventre.

— On peut pas tomber à l'intérieur, maman… rétorquai-je en fronçant les sourcils.

— Si, on peut ma chérie, pas comme tu l'imagines, mais on peut. Et quand on glisse de l'intérieur, on a très mal. Parfois même plus mal que si on avait vraiment chuté par terre.

— Mouais… Je ne vois pas trop comment ça peut faire mal de l'intérieur quand même… Enfin, viens, on pense à des choses rigolotes !

Elle me serra fort et respira mes cheveux avant de reprendre dans un soupir :

— Des choses drôles comme quoi ?

— Bah… attends, je réfléchis… Ah si, par exemple, quand le coq de mamie a voulu me piquer l'œil chez elle, tu te souviens ?

Elle sursauta de surprise.

— Mais ce n'est pas drôle ça ! Tu aurais pu perdre un œil ! J'en tremble encore rien que de revoir cette image. Brrr.

— Bah si, maintenant, ça l'est… assurai-je espiègle en ouvrant grand mes yeux sombres. Et puis en plus on l'a mangé ce vilain poulet ! Alors sinon… quand on s'est perdues en vacances et qu'on a marché dix heures au lieu d'une heure ! C'était trop lonnnnnggggg ! J'étais faaaattttiiiiguéééé !

— Mon Dieu, quel souvenir en effet ! Je n'arrivais plus à te porter. On s'en rappellera de ces vacances à la montagne ! Quelle angoisse !

— Ah ! Et quand je suis allée trop vite sur le tourniquet du parc, que j'ai glissé et que mon pied est resté accroché avec les lacets. Je tournais dessous sur le sol et tout mon pull s'est déchiré !

— Oh oui ! Quelle peur tu m'as faite ce jour-là ! Je pensais que tu t'étais cassé la cheville ! Dis-moi jeune fille, ils sont bizarres tes souvenirs « rigolos » déclara-t-elle en souriant timidement.

Je pris alors la tête de ma mère entre mes mains le plus sérieusement du monde pour une enfant de mon âge et la fixai sans ciller.

— Tu vois maman, tout ça, quand c'est arrivé, tu étais triste aussi parce que tu avais eu peur pour moi. Mais maintenant, on en rigole. Donc, peut-être que ce pour quoi tu es malheureuse aujourd'hui, tu pourras en rire plus tard.

De nouvelles larmes coulèrent le long de ses pommettes, mais des larmes différentes, moins lourdes.

— Peut-être, mon amour, peut-être… conclut-elle en me caressant la joue.

2

Tout vient à point à qui en a assez d'attendre…

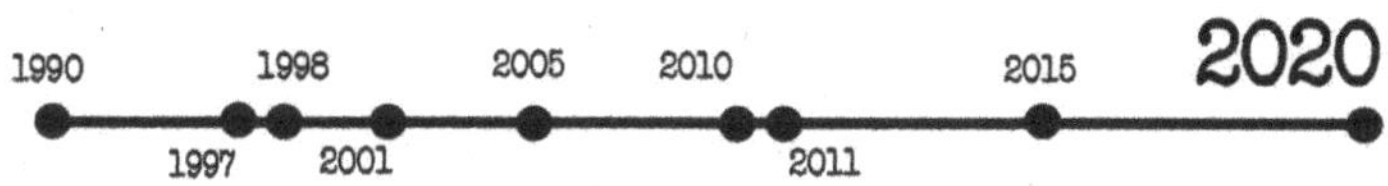

Je cumulais les entretiens d'embauche depuis plusieurs mois. J'en étais tellement désabusée que je n'en tenais même plus le compte. Entre les pervers, les misogynes, les esclavagistes, les narcissiques, les jalouses, les comiques, les racistes, les hyper perfectionnistes, les psychorigides, les sales et j'en passe, à trente ans, le monde du travail me laissait quelque peu dubitative. Qu'à cela ne tienne, si cela continuait de la sorte, Pôle Emploi pourrait bientôt m'offrir une carte de fidélité spéciale « entretiens ratés ». Je serai la « chercheuse d'emploi » de l'année, épinglée à l'accueil de tous leurs centres régionaux, telle la nouvelle Marianne des temps modernes ! Toujours voir le positif dans chaque situation.

Le rendez-vous du jour était un peu celui de la dernière chance. De plus, le poste et l'entreprise m'inspiraient plus que de raison, quitte à mettre du beurre dans les épinards, même si je n'en mangeais jamais, autant allier l'utile à l'agréable. Et puis, si je pouvais enfin obtenir le bénéfice de l'apprentissage suivi l'année passée, cela ne serait pas du luxe ! Pas envie de faire partie de ceux qui profitaient des fonds publics de formation pour faire joli.

Une dame impassible au port altier et coincée des fesses m'accueillit et m'installa dans une salle de réunion plutôt austère. Elle m'indiqua que le directeur, monsieur Moreau, arriverait sous peu, une fois son précédent rendez-vous terminé. J'attendis donc et sortis discrètement une lingette de mon sac pour nettoyer les accoudoirs de ma chaise ainsi que les rebords de ma table. Une minute. Deux minutes. Cinq. Dix. Quinze. Vingt. Mes ongles jouaient nerveusement sur la table et je sentais passablement la moutarde me monter au nez. Tout le monde pouvait avoir du retard, en revanche, il suffisait de prévenir, question de respect. Je n'étais pas moins importante que d'autres, juste parce que je cherchais un travail. Pour autant, je me connaissais. Avec mon tempérament, l'entretien risquait de couper court.

Respire Clémence… Calme-toi et « mets de l'eau dans ta carafe ». Tu as besoin de ce job.

Au bout de trente minutes, la porte s'ouvrit sur un homme de corpulence moyenne à la chevelure éparse. Je lui donnais entre cinquante et soixante ans. Il s'avança et s'installa sur le siège me faisant face sans me tendre la main. Il ne le savait pas, mais cette impolitesse me soulageait. Je détestais toucher les gens, et encore plus des inconnus.

De près, sa moustache d'une autre époque me sauta en pleine figure et j'entendis à peine ses premiers mots. Je le scrutai de bas en haut, même ses vêtements, bien que propres, ne semblaient pas en phase avec son âge. Avec son style, il aurait pu tenir l'accueil d'un musée des objets oubliés.

— Je vous prie d'excuser mon retard, mademoiselle.

— Heu… Laugnac, répondis-je en reprenant mes esprits.

— Oui, mademoiselle Laugnac, pardon. Laissez-moi retrouver votre CV et nous allons pouvoir commencer.

— Bien sûr, soufflai-je en arborant mon plus beau sourire de commerciale en bouclage de vente.

Sa voix était grave et douce à la fois. Une tonalité agréable et rassurante, à l'opposé de ce qu'il pouvait dégager à première vue avec son look pantalon velours côtelé. En revanche, je le sentais ailleurs, comme perdu, sans savoir si notre entretien en était la cause ou si c'était son précédent rendez-vous.

— Voilà. Je dispose de tous les éléments. Donc Clémence Laugnac, vous avez répondu à l'offre de Community manager ?

— Tout à fait.

— Ah. C'est regrettable, le poste a été pourvu hier, me lança-t-il visiblement confus.

— Comment ?

J'avais dû mal entendre. Ce n'était pas possible autrement.

— Nous avons trouvé notre nouveau collaborateur hier.

Pas de doutes, mes oreilles fonctionnaient, j'avais bien saisi sa foutue réponse.

— Mais… Pourquoi ne pas m'avoir prévenue dans ce cas ?

Son embarras était non feint. Sa mobilité corporelle et son regard fuyant en disaient long.

— Heu… J'imagine que la secrétaire n'a pas lu toutes mes notes.

— Vous « imaginez » ?

— Je comprends votre désappointement et j'en suis navré. Des petits dysfonctionnements internes, révéla-t-il embarrassé.

Oh non, je ne crois pas que tu saisisses l'état de dépit dans lequel tu me mets, Moustache…

— Vous « comprenez » mon désappointement ? C'est une blague ?

— Je n'ai pas vraiment le temps de faire de l'humour, mademoiselle, ajouta-t-il en levant les yeux de mon CV.

— Et vous pensez que moi oui ?

— Pardon ?

Mes mains frottèrent mon visage pour tenter d'apaiser mon esprit. Bien essayé, mais cela ne suffit pas à me contenir. Je me hissai lentement de ma chaise et appuyai mes mains sur le rebord de la table, puis pris une grande inspiration avant de lier mon regard au sien.

— Sincèrement, vous croyez que l'on a que ça à faire, courir des entretiens pour des postes déjà occupés ? Vous ne pensez pas que c'est suffisamment anxiogène de devoir se battre pour avoir le droit de travailler ? Vous ne jugez pas que c'est déjà assez compliqué d'être toujours considérée soit comme *« trop junior »*, soit avec *« trop d'expérience »*, soit avec le mauvais sexe *« ah, on cherchait un homme »*. Ah, et aussi d'avoir le privilège de devoir réagir à des questions hyper intelligentes du type *« vous n'avez pas encore d'enfants ? »* ou *« vous aimez porter des mini-jupes ? »*.

Monsieur moustache allait répliquer. C'était sans compter qu'il ne savait pas à qui il avait affaire. Déchaînée, je pouvais me transformer en vrai pitbull.

— Non, n'ajoutez rien et laissez-moi finir, monsieur Moreau, ordonnai-je en faisant les gros yeux.

Bien que je l'empêche de s'exprimer, ce dernier reprit son air stoïque. Droit sur sa chaise, il m'observait avec intérêt et j'imaginais déceler un certain amusement lorsque d'autres auraient pu se trouver agressés par mon intervention.

— Vous savez la pire question que j'ai eue et pour laquelle on m'a retoquée ? Vous savez ? Non ? Bien sûr que non vous ne savez pas. Eh bien je vais vous la dire. On m'a demandé ma couleur préférée. Oui, ne faites pas cette tête de moustachu déconfit, vous avez bien entendu. Ma couleur préférée, bordel, dans un entretien pour gérer un site Internet. Et malheur à moi, j'ai répondu « rose ». Pourquoi ? Parce que le rose c'est doux, que le rose, ça sent bon les fleurs et ça rappelle l'enfance. Savez-vous comment a réagi le recruteur ? Non, vous ne savez pas non plus, hein ?

Je n'attendais aucune justification de sa part. C'était une fausse question typique de mon côté provocateur. Aussi, je repris aussitôt ma tirade pour lui éviter de récupérer la parole. C'était mon moment, quitte à le payer plus tard.

— Il a souri ce blaireau. Oui, vous avez bien entendu, et il m'a déclaré « *mauvaise réponse. Le rose, c'est trop girly, on ne veut pas de princesse ici. Bonne continuation* ». Chut, laissez-moi finir ! Autant vous dire que cette entreprise, j'étais bien contente de ne pas y travailler. Mais la vôtre. C'est comme si on m'avait inscrite à une course où je partais presque favorite et que l'on m'avait fait démarrer vingt-quatre heures trop tard par rapport aux autres candidats. C'est injuste monsieur Moreau, complètement injuste ! Vous saisissez ? Injuste et inéquitable...

Bon sang, qu'est-ce que tu as encore fait, Clémence... ?

Je me rassis lourdement sur ma chaise et baissai mon regard. Une grande fatigue m'enveloppa et affaissa mes épaules. Encore une fois, je repartirai sans rien. Retour à la case départ. Mon jeu de l'oie ne se terminait jamais. Il recommençait éternellement au même niveau, sans jamais progresser. Mon caractère optimiste en prenait un coup au moral. Mon pion devait être moisi ou envoûté, je ne voyais que ça. Peut-être que ma seule solution était de consulter un marabout exorciste, celui capable aussi bien de réparer votre ordinateur par la pensée que de régler vos problèmes de verrues plantaires, d'emploi ou d'amour d'une simple incantation.

— Mademoiselle Laugnac...

— Je vous prie d'excuser mon emportement. Vous savez, la goutte d'eau... et tout ça...

— Mademoiselle Laugnac...

— Je... Je vais vous laisser, monsieur Moreau, encore désolée.

Je me levai gênée, enfilai ma veste et tendis ma main pour signifier mon départ. Quitte à me retirer, autant m'éclipser avec dignité. Il se leva à son tour pour me saluer.

— Mademoiselle Laugnac, cela vous dirait-il un poste de chargée de mission en égalité femme/homme ? Cela faisait un moment que j'y pensais et il vient d'être créé... à l'instant.

— ...

La stupeur m'assaillit, aucun mot ne sortit de ma bouche et mes yeux s'écarquillèrent de surprise.

— Parfait ! Bienvenue chez Moreau & Cie, m'annonça-t-il en me serrant la main. Vous commencez lundi à 8 h 30.

3

Peut-on regoupiller une grenade… ?

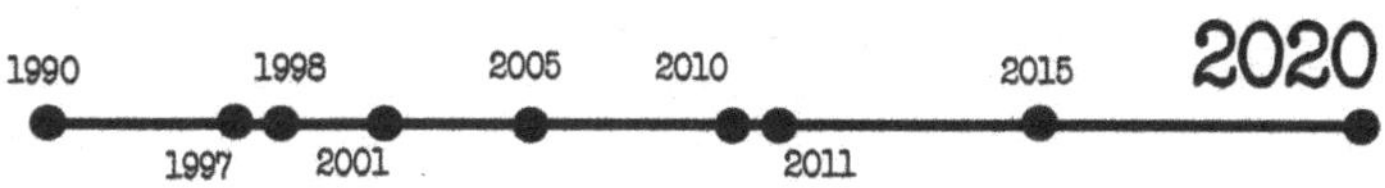

Mon premier réflexe en sortant du rendez-vous — après avoir reconsidéré ma position de me confier à un marabout — avait été d'appeler ma confidente, ma meilleure amie, j'ai nommé, Adèle. Je composai son numéro en me dirigeant vers ma voiture. Elle décrocha à la première sonnerie.

— Alors ?

— Alors… tadam ! C'est bon !

— Oh punaise, c'est vrai ?

— Je te jure, Adèle, il m'a proposé un poste ! C'est juste pas celui qui était prévu.

— Mais c'est génial Clem's ! Enfin ! Depuis tout ce temps.

— Yes !

— Et donc, que vas-tu faire ?

— Ah, ça… Tu le sais toi ? soufflai-je espiègle.

— Heu, ben non…

J'imaginais son visage perplexe au bout de l'appareil.

— Eh bien figure-toi… que moi non plus.

— Tu te fiches de moi ?

— Presque pas !

Son rire s'immisça à l'intérieur du combiné. Une gaieté communicative, de celle que l'on voudrait entendre en boucle chaque jour pour nous distiller notre dose de bonne humeur quotidienne.

— Non, mais ce n'est pas possible, Clémence ! Tu dois quand même bien avoir une idée ? pouffa-t-elle.

— Ouais, une petite, répondis-je fièrement. Il m'a parlé d'égalité femme/homme, un truc dans le genre.

— Oh mon Dieu !

Je savais à quoi elle pensait, car elle me connaissait assez bien depuis les années passées ensemble.

— À qui le dis-tu ! répliquai-je le sourire aux lèvres.

— Ce n'est pas vrai ? Tu me racontes des craques.

— Si, si, je te jure.

— Mais c'est un malade ! reprit-elle de plus belle dans un fou rire. Toi, dans l'égalité des sexes ! Non, mais… non, c'est impossible, tu me fais une blague, avoues !

— Même pas…

Une petite ombre vexatoire planait au-dessus de ma tête. Sous-entendait-elle mon incapacité à mener une telle mission ? Je pris une grande inspiration et poursuivis, l'air de rien.

— Non, mais sérieusement, c'est une super opportunité, tu imagines ?

— J'imagine surtout que si tu restes toi-même, ta période d'essai va durer deux heures à tout casser.

— Rhooo, comme tu es pessimiste !

— Réaliste plutôt, se moqua-t-elle.

— On prend les paris ?

— Je ne parie pas sur les causes perdues, j'ai une conscience, madame.

Une vraie mesquine cette amie. Pas grave, elle me le revaudrait plus tard. J'arrivais à ma voiture, il était temps de conclure la discussion sur une note positive.

— Tu verras, je vais t'étonner biquette.

— C'est tout ce que je demande.

— C'est tout vu ! Bisous bisous.

— À plus tard et encore bravo ! Même si ça ne durera pas longtemps.

— Morue !!

— Moi aussi je t'aime.

On raccrocha en même temps. Quelle garce, et pourtant, sa réaction me fit sourire. Elle avait probablement raison, comme souvent. Je devrais prendre sur moi pour un tel boulot, mais c'était en mon pouvoir. La priorité était de saisir les missions que cela impliquait, car égalité femme/homme dans une entreprise, le sujet pouvait être bien vaste. Si cela se trouvait, c'était moi qui déciderais de ne pas rester. Après tout, pourquoi cela devrait-il être absolument moi qui serais virée ?

Tu sais très bien pourquoi… Ne te voile pas la face et surtout, « ne vends pas la poule avant de l'avoir volée ! ».

Installée dans ma super citadine blanche au bord de rendre l'âme — ma voiture, pas moi — j'eus envie d'annoncer également la nouvelle à ma mère. C'était marrant cette envie de partager le positif alors que je pouvais imaginer sa réaction à l'avance. Mais une maman reste une maman, il y a souvent un lien indéfectible, peu importe l'état de la relation. Je sentis mes mains devenir moites et ma gorge s'assécher. Une certaine appréhension m'enveloppa tandis que la sonnerie retentit.

— Bonjour ma chérie, répondit-elle d'une voix atone.

— Bonjour, maman, ça va ?

Je l'entendis soupirer.

— On va dire que oui.

Cela voulait dire non. J'avais le choix, soit d'aller dans son sens, soit de tenter de l'emmener ailleurs. Je pris la seconde option.

— Tant mieux si tu vas bien ! Tu sais quoi ? Ça y est, j'ai décroché un job.

— C'est super Clémence, murmura-t-elle.

Ma mâchoire se serra. Je ne supportais plus ce manque d'émotion dans ses paroles. Où étaient dissimulées toutes ces nuances qui changeaient une voix en douce mélodie ? Où se cachaient ces foutues intonations qui pouvaient marquer l'enthousiasme, la colère, la tristesse ? Plus rien. Il n'y avait plus rien, le néant, la mort. Je faisais face à un électroencéphalogramme plat. Une voix sans joie, sans vie. Où s'était envolée ma mère depuis toutes ces années… ? Avait-elle seulement existé ?

Ça aussi, tu le sais très bien… Elle n'a pas supporté…

— Je dois te laisser maman, j'ai un double appel.

— Entendu, à bientôt, Clémence.

— Maman ?

— Oui Clémence ?

— … Je t'aime.

Je ne saurais jamais si elle répondit ou pas. Dans ma grande lâcheté, je coupai la communication avant de lui en laisser le temps. Je préférai éviter de savoir plutôt que d'être une énième fois déçue.

4

La pilule bleue ou la pilule verte… ?

Un bruit sourd me réveilla au beau milieu de la nuit. Mon premier réflexe fut de tirer la couverture au-dessus de ma tête pour me protéger. Mon deuxième fut de serrer fort doudou contre moi. Au bout de quelques secondes, je pris mon courage à deux mains, sortis légèrement le visage de ma grotte de fortune et tendis l'oreille, la peur au ventre. Je n'aimais pas la nuit. Je détestais cet univers sombre où la vie s'éteignait purement et simplement. Si j'avais pu éviter de dormir, je l'aurais fait, mais il paraissait que c'était impossible. C'était sûrement vrai, car à chaque fois que j'avais essayé de défier le sommeil, j'avais perdu.

C'était depuis longtemps une angoisse au fond de mon ventre. J'avais l'impression que la nuit testait chaque soir notre capacité à mourir. Comme si elle nous narguait en nous disant « *c'est moi qui détiens le pouvoir sur toi, tu es obligé de dormir et tu ne te réveilleras que si je le souhaite* ». Brrr. Je n'aimais pas la nuit, car j'avais peur de ne jamais me réveiller le lendemain, de rester bloquée quelque part, dans les ténèbres. Alors quand cette dernière me faisait en plus des surprises nocturnes, c'était encore pire. Dans ces moments-là, je ne comprenais pas les absences régulières de papa. C'était lui qui aurait dû se lever et aller vérifier d'où venait le bruit. Mais souvent, papa n'était pas là.

Je déglutis difficilement, emplie d'un constat amer. Je n'étais peut-être pas la petite fille courageuse qu'il aurait aimé avoir et j'en avais honte. Je me voyais pelotonnée au fond de mon lit comme un bébé alors que je voulais être grande. Non, je ne le voulais pas, je l'étais. Je l'étais et je devais l'être. Cette pensée s'immisça dans mon esprit et remplaça peu à peu la lâcheté qui s'était installée. De fait, je me levai, tout en espérant au fond de moi que ce bruit ne soit pas ce à quoi je songeais. La pénombre n'était pas mon amie, mais bien heureusement, ma veilleuse me permettait, grâce à sa luminosité, de ne pas être engloutie dans le noir total et de reconnaître certaines formes. Cela m'aida à avancer.

— Doudou, tu restes ici, je vais voir et je reviens, chuchotai-je.

Un pied après l'autre, je franchis le seuil de ma porte, je longeai le couloir de notre petit appartement et arrivai dans le salon. Je vis rapidement la bosse étendue sur le sol. L'histoire se répétait, le froid entra en moi sans attendre et me glaça le sang.

— Maman !

Je m'empressai de la rejoindre et m'accroupis à son niveau. Elle était endormie, comme la dernière fois.

— Maman, Maman, tu m'entends ?

Je la secouai légèrement d'abord, puis de plus en plus fort. Je me levai pour allumer la pièce et revins aussitôt auprès d'elle. Je vis ensuite les pilules éparpillées sur la table basse. La panique arriva d'un coup.

— Maman, maman, c'est moi, il faut te réveiller. Maman !

Rien. Pas un geste. Aucun signe me démontrant qu'elle me percevait. Le cauchemar recommençait. Je savais ce que cela signifiait.

La tristesse de maman avait encore une fois gagné. J'avais à nouveau perdu.

Mes mains serrèrent fort ma tête avec la ferme volonté de me faire du mal et de l'écraser. La peur grignotait du terrain et des larmes d'impuissance et de terreur coulèrent le long de mes joues. Je relâchai la pression pour reprendre mes esprits. Je n'avais que onze ans ! Onze ans et ma mère m'obligeait à grandir trop vite… Que devais-je faire déjà ? Je ne savais plus, tout s'entremêlait. Mon corps se balançait nerveusement de gauche à droite. Fermer les yeux m'aida à mieux me concentrer. Voilà, je me rappelais. Vérifier sa respiration. J'approchai mon visage du sien et sentis un léger souffle. Un soupir de soulagement me traversa. La nuit ne l'avait pas encore engloutie pour de bon.

— Ça va aller, maman, je suis là… dis-je la voix remplie de sanglots.

Je posai un baiser sur son front et courus vers le téléphone pour appeler les pompiers. Ce numéro de deux chiffres qui sauvait des vies, je l'avais appris par cœur depuis longtemps. Ils viendraient la chercher pour l'emmener à l'hôpital et ils joindraient mon père pour lui demander de rentrer en urgence.

Je retournai m'allonger contre elle en les attendant. On aurait dit qu'elle dormait paisiblement. Si seulement… Pourquoi avais-je une maman différente des autres ? Pourquoi la mienne était-elle débordante de noir et de tristesse ? C'était de ma faute, je ne voyais que ça. Mes larmes continuaient de couler sans répit. Je lui caressai les cheveux tout en lui parlant, car il paraissait que la voix pouvait calmer les malades. Ce sont les docteurs qui me l'avaient expliqué la dernière fois.

— Voilà maman, ne t'inquiète pas, ils vont venir et ils vont te soigner… Et après ça ira bien, hein, maman ? Après ça ira mieux, murmurai-je en reniflant fort. Et puis, je serai là pour toi, tu le sais. Je vais m'occuper de toi. Et je vais être encore plus sage maman, je te le promets.

Un silence lourd emplit la pièce. J'avais onze ans et là où la majorité des enfants étaient naïfs et insouciants, j'étais morte de peur pour ma mère.

5

Le poids du passé

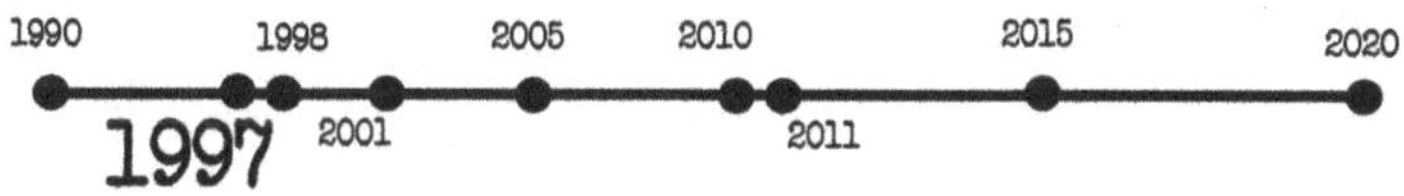

— Stop, ça suffit Brigitte. Je rends les armes.

— Non Pascal, attends, tu ne peux pas me faire ça…

— Comment ça, « je ne peux pas faire ça » ? Et toi ? Tu ne te remets jamais en question ! Tu ne te dis jamais que tu ne devrais pas « nous » faire ça ? Putain Brigitte ! Ça fait combien d'années que je supporte, hein ? Combien d'années ?

— Arrête, je t'en prie…

* *
*

Je ne comptais plus les fois où mes parents se hurlaient dessus. En revanche, je me demandais s'ils avaient conscience ou non de ma présence dans la pièce d'à côté. Je me trouvais régulièrement aux premières loges de la mocheté des vies d'adultes. À quoi bon vivre ensemble si c'était pour ne pas se supporter ? Quand je serai grande, je vivrai seule. Je ne veux pas d'amoureux. Il sera hors de question que je sois malheureuse avec quelqu'un et que l'on se crie dessus tout le temps.

Je restai campée derrière la porte de ma chambre. Si j'avais été intelligente, je me serais bouché les oreilles pour ne plus les entendre. Mais je n'y arrivais pas. À sept ans et des poussières, c'était au-dessus de mes forces. Je voulais écouter leurs conversations même si je ne comprenais pas tout et que leurs voix me faisaient peur. Vilaine curiosité.

* *
*

— Arrêter quoi ? De te secouer ? Tu préfères que je te laisse t'enfoncer dans ta foutue dépression c'est ça ? Ça serait plus simple pour toi que je te plaigne comme au début plutôt que de t'aider à t'en sortir ?

— Tu vas trop loin...

— Je m'en contrefous ! Tu m'entends ! Cela n'a plus d'importance. Il n'y a plus rien entre toi et moi.

— Pascal chéri...

— Il n'y a plus de Pascal chéri. Pascal est épuisé. Pascal a essayé, mais tu es restée égoïste dans ton mal.

— Tu sais très bien pourquoi...

— Mais putain ! Quand est-ce que tu vas tourner la page Brigitte ? La vie, c'est maintenant ! C'est pas il y a six ans ! Tu ne peux pas demeurer indéfiniment en arrière.

Brigitte, vaincue par cet accès de rage, sanglotait de plus belle affalée dans le canapé.

— C'est au-delà de mes forces. Je ne peux pas... Je ne peux simplement pas... Quand je la regarde...

— Quoi, quand tu la regardes ? souffla-t-il avec mépris.

— Comment peux-tu rester aussi... indifférent... ?

La question de sa femme lui prouva à nouveau qu'un fossé énorme s'était creusé entre eux. Il n'y avait plus rien à sauver. L'incompréhension s'avérait trop importante. Il se sentait comme un rat en cage et arpentait le court salon de long en large pour calmer sa colère.

— Tu imagines que parce que je ne me morfonds pas tous les jours, je n'y pense pas ? Tu plaisantes j'espère ?

— Je me demande, justement… murmura-t-elle.

Pascal ne savait plus s'il devait en rire ou en pleurer. La situation s'avérait sans issue. Comment deux individus ayant connu le même drame pouvaient-ils à ce point le vivre différemment avec les années ?

— Si depuis six ans, ton psy se révèle incapable de t'expliquer que chacun a le droit de gérer sa douleur à sa façon, un conseil, changes-en.

— Parle moins fort, Clémence pourrait nous entendre.

— Ah maintenant, en pseudo bonne mère, tu te préoccupes de ta fille ?

Il savait que ces paroles la blesseraient. Il s'en voulut, mais sa patience avait atteint ses limites. Sa conscience lui indiquait qu'il ne pouvait plus survivre dans cet environnement hostile. Il en deviendrait aigri et méchant gratuitement. Il avait besoin d'air frais. Depuis tout ce temps, il avait tenté de soutenir et d'aider sa femme, mais personne ne pouvait secourir une âme perdue qui avait décidé de se noyer. Même pas lui, le super héros de sa fille chérie. Que penserait Clémence de lui quand elle comprendrait que papa et maman n'existaient plus ensemble ? Cette question le rongeait. Pour autant, il était arrivé au bout de ce qu'il pouvait donner et supporter. Il abandonnait le combat pour sauver sa femme, mais demeurait présent au domicile pour sa fille.

— Une dernière chose Brigitte, je reste parce que Clémence a besoin de moi vu son âge, mais que ce soit bien clair entre nous, je vais poursuivre ma vie d'homme à côté. Ça durera le temps qu'elle grandisse. J'espère que tu prends conscience que si tu ne reprends pas rapidement le dessus, tu perdras aussi Clémence, car crois-moi, elle t'en voudra. Alors, réfléchis bien à l'existence que tu souhaites et à celle que tu désires lui offrir.

*   *
*

Pourquoi est-ce que papa parle de me perdre aussi… ?

*   *
*

Brigitte se leva d'un bond d'une force retrouvée et se planta, yeux dans les yeux, à dix centimètres de son mari.

— Eh bien c'est ça, pars ! Tourne la page du passé si c'est si facile pour toi. Vas-y, va rejoindre ta pétasse et faire comme si de rien n'était lorsque tu rentres à la maison ! Si tu peux vivre avec, grand bien te fasse.

*   *
*

C'est quoi une « pé-tasse » ?

*   *
*

6

Bon et sinon, un peu de sérieux…

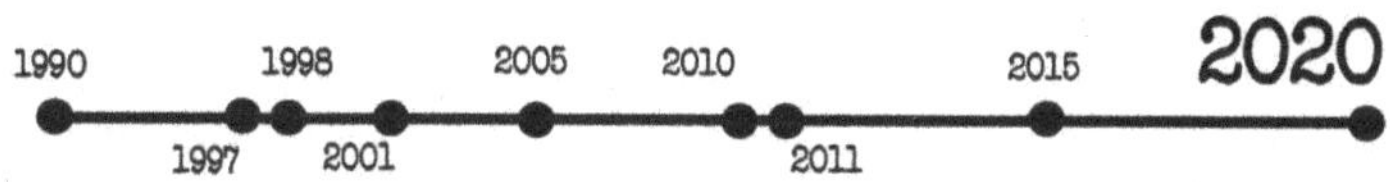

Mon nouveau job commençant dans quelques jours, il était grand temps de démarrer de petites recherches à ce sujet. Mon futur patron, Martin Moustache… Heu… Moreau, m'avait indiqué que nous verrions tout ensemble lundi. Cependant, il me semblait qu'un minimum de professionnalisme de ma part était requis. Au moins débroussailler un peu le thème afin de ne pas donner l'impression de « *je me retrouve ici complètement par hasard parce que vous avez eu pitié de moi et d'ailleurs, vous m'avez « enlevé une fière chandelle du pied* ». Mais surtout, pour fermer la bouche de ma chère Adèle. Hors de question d'être virée en moins de deux heures, j'en faisais un principe. Trois, ça passait à la rigueur, mais pas deux.

Je m'installai confortablement avec mon PC portable sur la table du séjour. De là, je pouvais profiter de la vue sur les toits d'Antibes et du soleil traversant mes hautes fenêtres, cela, tout en travaillant, un vrai bonheur. Dans une autre vie, je devais descendre d'une famille de lézards. Dans cette vie, j'étais une trentenaire désorientée en quête de soi. C'était bien, le lézard…

— Voyons voir… Commençons par chercher au plus simple « égalité femme/homme ».

Le navigateur mit moins de deux secondes à me proposer des centaines de liens. Beaucoup parlaient de violences faites aux femmes, ce qui, me semblait-il, n'était pas le sujet ici. Mes yeux épluchaient le résumé de chaque article à vitesse grand V. L'un attira mon attention plus que d'autres. Je cliquai dessus.

Déclarée grande cause nationale du quinquennat par le Président de la République, l'égalité professionnelle entre les femmes et les hommes passe par une mobilisation de tous.

— Pétard, ça sent le gros discours de politicien à plein nez… Encore un truc où ils vont faire croire qu'ils s'y intéressent pour faire plaisir aux femmes « électrices ». Comme si nous étions dupes !

Le ministère du Travail agit pour en finir avec les inégalités salariales entre les femmes et les hommes et pour lutter contre les violences sexistes et sexuelles.

— Non, mais, laissez-moi rire. C'est quoi cette hypocrisie sociale à deux balles ?

Plus de 46 ans après l'inscription du principe « à travail égal, salaire égal », il demeure 9 % d'écarts de salaire injustifiés entre les femmes et les hommes.

— Oh, ça va m'énerver tout ça… Non, mais sérieusement ! 46 ans ! ça fait 46 ans que cela devrait être effectif et qu'en tant que femme, on se fait encore et toujours berner !?

La loi pour la Liberté de choisir son avenir professionnel…

— Sans déconner « la liberté de choisir son avenir professionnel ». Ils ont osé ? Il y a des personnes payées pour trouver des titres de lois aussi nazes ? Mais ils sont dans la vraie vie ou pas ces gens ? Ils pensent qu'en claquant des doigts, on a le taf qu'on veut au salaire qu'on réclame ? Homme ou femme, là, ils nous prennent pour des billes.

Venez sur le marché du travail bande de buses et on en reparlera.

Je fermai cette fenêtre qui me dépitait au plus haut point. Des paroles, rien que des paroles. Si je pouvais trouver des informations un peu plus concrètes, d'une part cela m'aiderait pour lundi, d'autre part, cela m'éviterait peut-être de monter en pression trop vite. Je revins sur les liens initiaux et en sélectionnai un autre abordant un profil de poste pour une entreprise. Cela devait donc s'approcher de ce que l'on attendrait de moi.

— Allez, c'est parti !

Vous mettez en œuvre la politique de l'entreprise en faveur de l'égalité femme/homme, sensibilisez à l'égalité femme/homme ainsi qu'à la lutte contre les stéréotypes de genre.

Mes yeux s'élargirent malgré moi devant le choix du vocabulaire.

Élaborer et mettre en œuvre les politiques publiques nationales dans le domaine de l'égalité femme/homme.

Piloter les plans d'action internes puis externes dans le cadre de la charte européenne égalité femme/homme

— Ah parce que l'Europe est aussi mêlée à ça… Ça promet d'être simple cette histoire…

Développer des projets permettant de renforcer l'égalité femme/homme au sein de l'entreprise

Élaborer le plan d'accompagnement à destination du personnel, volet sensibilisation et formation, élaborer la stratégie de communication interne et externe sur l'égalité femme/homme

Construire des évènements sur la promotion et l'égalité des droits femme/homme

— Je sens que je vais m'amuser… On va organiser une grande Bar Mitzvah égalitaire dans la joie et la bonne humeur. Tout le monde va s'aimer et j'obtiendrai la médaille du mérite pour avoir changé les relations femme/homme en France.

Finalement, Adèle n'avait peut-être pas tort. Qu'est-ce que j'avais accepté… ? Avec ce que je venais de lire, je me retrouvais même incertaine de tenir les deux heures du pari. J'allais devoir tourner ma langue des centaines de fois dans ma bouche avant chaque phrase. Cela m'épuisait déjà. Néanmoins, je devais voir le positif. Cela m'apprendrait enfin à réfléchir avant de parler. Et puis, voilà un sacré challenge à relever. Peut-être que mon tempérament enthousiaste et volcanique pourrait trouver sa place dans ce genre de mission. Moi qui aspirais à changer le monde plus jeune, cela commençait peut-être ici… ? Un frisson d'angoisse me parcourut.

— Rêver n'a jamais fait de mal à personne… Et puis, ne dit-on pas qu'il faut faire de sa vie un rêve et non pas rêver sa vie ?

Mouais, bon, j'exagère peut-être un peu le truc là… Ne t'emballe pas Martine… À la base, l'égalité femme/homme, dans la vraie vie, c'est du pipeau alors… et toujours garder à l'esprit « qu'une hirondelle ne fait pas le moine ».

Mon smartphone se rappela à mon bon souvenir avec un message d'Adèle.

« Ramène ta fraise pour 19 h, je te propose une nouvelle recette à tester, une tuerie ! Bisous »

Je décidai de clore mes recherches ici. Je verrais bien ce que monsieur Moreau prévoyait pour moi lundi. Malgré tout, une sensation de satisfaction me frôla l'esprit. J'avais peut-être enfin un rôle à jouer… en serrant un peu les dents.

En attendant, une petite prière ne serait pas vaine pour le repas auquel j'étais conviée inopinément. Non pas que je ne lui fasse pas confiance. Encore que… Si, confiance zéro.

7

Si on avale sa colère, peut-on la digérer ?

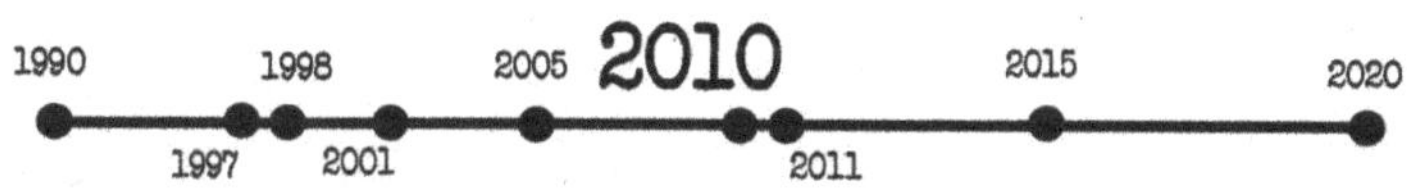

Ce bureau ressemblait à une deuxième maison. Cela faisait près de 9 ans que j'y effectuais des visites régulières. D'un côté, j'en avais besoin, de l'autre, je souhaitais plus que tout pouvoir m'en émanciper. Doux rêve inaccessible, je le savais bien.

Le professeur Bremond m'avait vue grandir. J'étais, entre ces quatre murs, passée de petite fille perdue à jeune adulte pas vraiment « retrouvée ».

— Alors, Clémence, comment vas-tu cette semaine ?

Pendant nos séances, j'aimais prendre le temps dans mes réponses et rester debout à faire semblant d'observer les dizaines de dessins accrochés aux cloisons. Des gribouillages que je connaissais par cœur, dont certains, reflétaient des névroses sans noms d'enfants salement atteints. Les pauvres, cela me permettait, parfois, de relativiser sur mon propre sort.

Lui, l'homme sage élégant aux cheveux poivre et sel décoiffés, demeurait derrière son bureau, avec son carnet de notes sur lequel il n'écrivait que quelques mots. C'était un gentil, je le savais, ça se sentait. C'était pour cette raison que je revenais. Il avait la capacité d'apaiser la colère sourde que je portais en moi et que personne à part lui et mon amie Adèle, ne connaissait.

— Je vais bien. Je crois que j'aimerais qu'elle meure, lui jetai-je l'air de rien.

La nonchalance de mes paroles lui fit hausser un sourcil. Il posa son stylo plume et me toisa, moi, Clémence la provocatrice.

— OK. On avance.

— Si vous le dîtes.

— Tu estimes que ça serait une solution ?

— Si elle était morte ?

— Oui, c'est ce que tu viens d'exprimer.

Je poursuivais ma fausse déambulation en cherchant au fond de moi une réponse adéquate.

— Oui, ça en serait une… mais qui créerait probablement d'autres problèmes.

— Restons sur les remèdes pour le moment, veux-tu ?

Je hochais la tête sans le regarder.

— Admettons que ta mère disparaisse du jour au lendemain, que cela t'apporterait-il de positif ?

Nous rentrions enfin dans le vif du sujet, autant m'asseoir et lui faire face pour creuser le débat de manière honnête et sans langue de bois.

— Je ne serais plus la mère de ma mère, soufflai-je.

— C'est comme cela que tu te perçois ?

— Nous en avons discuté des dizaines de fois, docteur.

— He bien, cela ne fera qu'une de plus, jeune fille.

Mes doigts vinrent tapoter nerveusement le bord de son bureau. Mes yeux plongèrent dans les siens de longues secondes. Il attendait que je prenne le relais, je devais parler et sortir ce qui me pourrissait à l'intérieur. Il n'était là que pour essayer d'aider à laver ce qui devait l'être dans les cerveaux humains qu'il croisait. C'était un nettoyeur de l'obscurité, un sauveur d'esprits, un bienfaiteur des âmes.

— Je n'ai pas demandé à devenir mère.

— Et tant mieux, car tu ne l'es pas.

— Vous savez très bien ce que je veux dire.

— Non, explique-moi.

En neuf ans, il me connaissait mieux que personne. Probablement mieux que moi et pourtant, il insistait toujours sur les mêmes points. Comme l'impression qu'une psychanalyse nous obligeait à répéter 200 fois les mêmes choses de manière différente pour que cela nous rentre bien dans le crâne.

— Je suis usée… murmurai-je.

— De quoi ?

Mes mains frottèrent mon visage à plusieurs reprises avant de se fermer en poings serrés qui s'arrêtèrent devant ma bouche.

— Combien de fois vais-je devoir le dire !?

— Autant qu'il le faudra.

Mes mains redescendirent sur mes genoux, mon regard s'orienta vers la fenêtre avec vue sur le jardin paisible.

— Je suis fatiguée… de cette vie que je n'ai pas choisie.

— Parce que tu penses que les autres choisissent la leur ?

Un grand soupir d'exaspération vida mes poumons.

— Autant souvent je vous aime bien, autant par moment, vos réponses me donnent envie de me lever et de me barrer d'ici.

— Je ne comprends pas pourquoi, me répliqua-t-il un léger sourire aux commissures. Continue, Clémence.

Mes lèvres commencèrent à trembler. Le mal sortait. Je détestais ce moment qui pourtant, me libérait. Mais il me mettait face à mes faiblesses, celles que je voulais enfouir et surtout ne montrer à personne pour essayer de vivre heureuse. Non, de vivre tout court.

Ma bouche se tordit et mes dents grincèrent dans un vilain rictus avant de poursuivre.

— Savez-vous ce que c'est de devoir faire attention à tout chez vous ? De ne pas avoir pu compter sur votre père, car sa présence à la maison se révélait aléatoire, même lorsqu'il habitait encore avec nous ? De devoir surveiller votre mère depuis toujours. De devoir vérifier ses médicaments, de se coucher avec la peur qu'elle en prenne trop, encore une fois. Savez-vous ce que c'est d'être la fille d'une maman qui ne pense qu'à une chose, mourir, alors que vous voudriez juste jouer à la poupée avec elle ? Savez-vous ce que c'est de refuser les sorties entre copines à l'adolescence, parce que vous savez que vous ne pouvez pas compter sur votre géniteur, et que vous craignez qu'en votre absence un malheur arrive ? Savez-vous ce que c'est de vous transformer en clown pour essayer de la faire rire, et que tout ce que vous récoltez, c'est l'ombre d'un sourire forcé. Je n'ai connu que ça, docteur !

J'attrapai un mouchoir en papier pour essuyer mes larmes, celles qui ne coulaient que dans cette pièce.

— Ne t'arrête pas en si bon chemin. Sors ce que tu as sur le cœur. On va progresser, tu vas voir.

Je me mouchai bruyamment, le summum de la classe. « On » va progresser, comme si c'était son histoire.

— Ma vie ne se résume qu'à cela, crainte, peur, tristesse. Je suis usée de ne pas avoir eu de maman et un père absent. Ma mère n'existe plus. Ma mère est déjà morte, docteur, susurrai-je.

— Pourtant tu vis avec.

— Je suis prisonnière !

Cette réplique, sortie spontanément de ma bouche, me stupéfia.

— Parce que tu le veux bien, Clémence.

— Pardon ?

— Qui t'oblige à rester ?

— Enfin... Je...

Je m'affalai au fond de mon siège en cuir, penaude. La petite fille reprenait sa place.

— Qui t'oblige à rester ? répéta-t-il.

— Je... Je ne peux pas... l'abandonner.

— Ah... ! Parce que les enfants doivent vivre toute leur vie avec leurs parents, sinon c'est un abandon ?

C'était la première fois que nous allions aussi loin dans nos échanges.

— Mon père l'a déjà écartée officiellement il y trois ans, et depuis bien plus longtemps officieusement. Je ne peux pas lui faire revivre cela.

— Ne mélange pas les histoires, ce n'est pas son fils.

Comme ce n'était « presque » plus mon père…

8

Être végan OK, mais si je pouvais choisir quand…

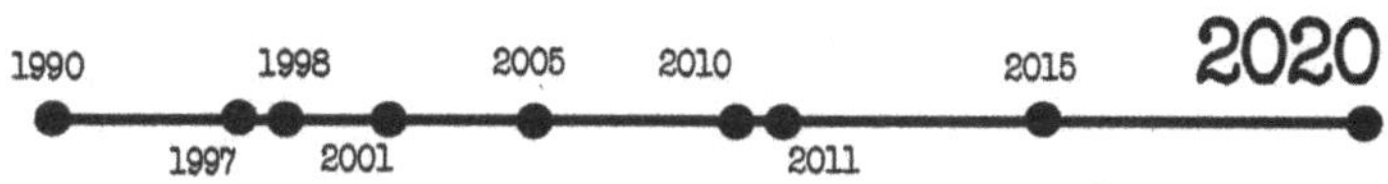

Connaissant Adèle, j'étais passée acheter du jus de fruits à l'épicerie bio du quartier avant de me rendre chez elle. Mal m'en aurait pris de me présenter avec un jus concentré, une bouteille de nectar chimique ou encore pire, un soda ! On disposait chacune de nos propres névroses. De mon côté, je me méfiais des hommes et je pensais être envoûtée par un esprit malin, de l'autre elle flippait de tous les noms présents sur les étiquettes alimentaires se terminant en « ose », « ique », « idant », « ide », « iol », et j'en passe. On faisait une sacrée paire de nanas stressées elle et moi. L'avantage, on savait en rire, et rien que pour cela, ça valait le coup d'être un peu perchées.

Arrivée sur le palier de son appartement situé au 2e étage d'un immeuble bourgeois du vieil Antibes, je sentis une odeur étrange et inconnue à travers la porte. Mes craintes sur le repas du soir se réveillèrent de plus belle. Je sonnai et une Adèle hyper speed vint ouvrir et m'accueillir avec son plus joli sourire.

— Ah super, te voilà. Entre. Je termine juste un truc, laisse-moi quelques secondes.

— Salut…

— Oui, salut pardon ! J'arrive, fais comme chez toi.

Elle repartit en trombe dans sa cuisine.

Courage, tu ne viens pas pour ses dons culinaires. Tu viens parce que c'est ton amie, c'est tout ce qui compte.

Je la rejoignis avec mon super jus, fière de ma trouvaille.

— Regarde, j'ai pris un mélange goyave, coco, carotte en pur jus bio.

— Génial, on va se régaler ma caille.

Mouais, je n'aurais pas dit ça, mais bon… on va tenter.

— Mets-le sur la table basse. J'ai terminé, je suis à toi, me lança-t-elle fière.

— Qu'est-ce que tu nous as préparé de beau ?

— Oh la la. Une recette de folie ! De la farine de Manioc aux champignons japonais accompagnés de topinambours à la crème riche et naturelle de chèvre.

— Oh put… Oh, heu… ça a l'air… Heu… étonnant.

Sacrebleu, où sont passées les bonnes valeurs sûres et simples ?

— Tu m'en diras des nouvelles ! Allez, viens on va boire un coup et tu vas me raconter pour ton job.

— Oh, tu sais, pour le moment, il n'y a pas grand-chose de concret. Je verrai tout ça lundi.

— Sauf que tu finiras lundi midi, ajouta-t-elle railleuse.

— Toi et ton comique de répétition.

On s'installa dans son Chesterfield et elle nous servit la boisson orangée comme s'il s'agissait d'un bon vin. Je ne pus m'empêcher de sourire en observant le soin qu'elle prenait à remplir nos verres à cocktails au trois quarts.

— À ta réussite, copine.

— Espérons !

On trinqua et je me mis à rêver sournoisement d'un mojito fraise. À défaut, j'avais le droit à un jus amer à base de carotte censé nous rendre aimables et en bonne santé. Garder à l'esprit que ce n'était pas forcément ce qui était correct en goût qui se révélait le meilleur pour nous et inversement. En même temps, qu'est-ce qu'on pouvait y faire nous, s'ils nous tendaient des pièges comme cela ? Comment choisir de manière éclairée entre des épinards bouillis avec du tofu et un gratin dauphinois accompagné d'une entrecôte ? C'était au-delà de mes forces. Adèle, elle, avait réussi à passer outre tout cela. D'un côté, elle m'inspirait un grand respect de par sa capacité mentale, de l'autre je me demandais comment elle tenait le coup pour ne pas sombrer dans la déprime.

— Je n'ai rien mis à grignoter pour l'apéro afin que l'on garde de la place pour le plat principal.

— Bien sûr…

— Bon alors, tu me racontes ?

— Ben je t'ai dit, je ne sais pas grand-chose pour le moment.

— Tu m'as quand même parlé d'égalité femme/homme.

J'acquiesçai en comprenant parfaitement où elle désirait m'emmener.

— Il sait que tu disposes d'un léger penchant féministe sur les bords ?

— Voilà un sujet que l'on n'a pas vraiment abordé, répondis-je le sourire aux lèvres.

— Mais tu vas bouillir, Clémence !

— Justement, je pense qu'il s'agit d'un bon exercice pour travailler mon self-control.

Elle posa son verre et plongea son regard dans le mien.

— Ma chérie, tu me laisses le droit d'être franche ?

— À ton avis ?

Elle soupira.

— J'ai peur que tu ne te brûles les ailes.

— Et pourquoi cela serait-il le cas ?

Je continuais de faire mine de boire mon breuvage insipide avec plaisir tout en imaginant le goût de la menthe.

— Clémence, toi et moi, on sait qu'il y a une boule de rage au fond de ton ventre.

— Tu as dit l'essentiel, elle se trouve au fond.

— Mais ce qui est enfoui peut ressurgir n'importe quand.

Je ne le sais que trop bien…

— Non, rassure-toi, maintenant, j'ai appris à la canaliser.

— Je l'espère vraiment…

Je m'approchai d'elle, posai mon verre et lui pris une de ses mains. Encore une fois, j'éprouvais l'obligation de tranquilliser les gens. Je devais prendre soin des autres, le sens inverse me déplaisait profondément, pourtant, j'en aurais bien eu besoin. Mais il m'était nécessaire de maîtriser chaque situation et ce soir ne dérogeait pas à la règle.

— Tu me connais, Adèle, depuis le temps. Tu sais que je gère, mentis-je avec aplomb.

— Ouais, je sais… jusqu'au jour où…

— Il n'y aura pas de jour où.

Sa tête se rapprocha et vint toucher la mienne.

— OK, OK je te fais confiance. Au fait, tu ne m'as pas dit comment allait ta mère.

Bingo ! C'était le moment de changer de conversation.

— Bon allez, fais-moi goûter ton quoi déjà ? Je meurs de faim.

*   *
*

— De la quoi ?

— De la farine de manioc. Nous venons de découvrir un aliment traditionnel dans de nombreux pays.

— Mais sérieux, Adèle. J'ai la sensation de manger du sable…

— Ohhh, tu exagères.

— Enfin, reste honnête… Tu trouves ça bon ?

— Bah oui. Ce n'est pas… mauvais.

— Non, mais je te jure, ça ressemble à du sable ton truc ! J'en ai plein dans les dents, j'ai l'impression d'être à la plage un jour de grand vent !

Elle me regarda, dubitative, puis se mit à rire, de plus en plus fort… jusqu'à cracher ce qu'elle avait dans sa bouche.

— C'est peut-être… un peu sec, je te l'accorde.

— Un peu ?

Je pouffais sur ma chaise en triant mon assiette avec ma fourchette.

— On peut se laver les dents sur une île déserte avec ton truc, m'exclamai-je en riant de bon cœur.

Des larmes de fou rire coulaient sur mes joues. Que ça faisait du bien !

— Ce n'est pas de ma faute, ha haha… La sauce a été absorbée par les topinambours. Oh, j'ai mal au ventre.

— Tu veux qu'on en parle de ta sauce… Ha ha ha, non ? En vrai, la prochaine fois, s'il te plaît. Fais-moi une salade de tomates, hein. Une toute petite salade, toute simple, sans prétention avec juste un peu de vinaigrette à l'huile d'olive.

Nous reprîmes nos esprits après de longues secondes hilares. Une fois calmées, elle crut bon de devoir répondre à ma précédente repartie.

— Pour le prochain repas, j'ai prévu steak de soja avec du Khasha-sotto.

— Du quoi ? pouffai-je en riant de plus belle.

— Eh ouais, « *j'ai plus d'une corde dans mon sac* », répliqua-t-elle fière de sa blague.

9

On est bien là, et si on y restait ensemble… ?

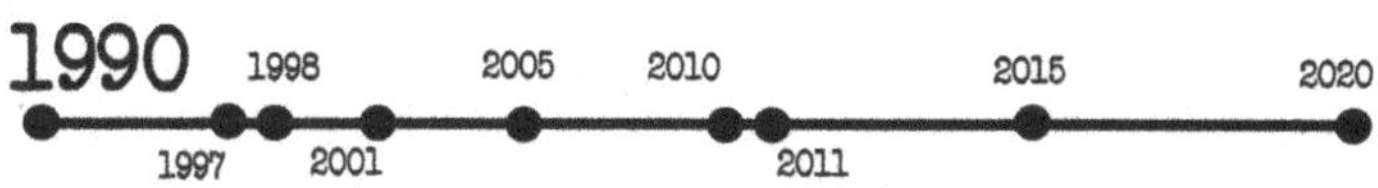

Un liquide chaud et enveloppant nous berçait, mon frère et moi. On entendait au loin la voix de maman, telle une symphonie, qui nous caressait de l'extérieur. On commençait à percevoir de la lumière douce et tiède à travers son ventre. On était bien ici, mais on serait bien aussi, dehors, entourés d'amour.

Je sentais que le moment de sortir de ce cocon protecteur approchait. Nous avions de moins en moins de place à nous partager. En temps humain, il ne devait rester que quelques petites semaines, et encore. En revanche, une chose m'inquiétait de plus en plus. Je devinais que mon frère perdait en énergie. Il bougeait moins là où moi je m'activais le plus possible, empêchant souvent maman de se reposer. Mais je n'y pouvais rien, me dégourdir les membres était impératif et dans cet espace clos, ce n'était pas simple.

Je percevais la nourriture affluer par mon cordon ombilical. Non, plus que ça encore, c'était la vie qui était transportée par ce tuyau. Tout ce que maman pouvait nous donner de positif et de bon pour notre santé, c'était amené par là. Mais ces derniers jours, j'avais déduit au toucher que le mien s'avérait bien plus costaud que celui de mon frère. Je ne savais pas si cela avait un lien sur sa baisse d'énergie, mais je le supposais. Et puis je me devinais à présent bien plus grande que lui, je distinguais que je prenais plus de place qu'auparavant. Je le sentis enfin se réveiller doucement, j'allais pouvoir lui parler de tout cela. La télépathie intra-utérine avait du bon.

« *Pourquoi ne manges-tu pas comme moi ?* »

« *Je ne sais pas… Je me force, mais ça me fatigue…* »

« *Il faut que tu manges plus, sinon je serai plus forte que toi !* »

« *Tu l'es déjà…* »

« *Parce que je suis gourmande !* »

« *Je ne sais pas… J'ai envie de dormir…* »

« *Encore ? Mais tu te réveilles à peine !* »

« *J'ai quand même envie de dormir…* »

Mon frère réagissait de façon anormale. Peut-être pouvais-je diminuer ce que je recevais pour le lui renvoyer ? Je me concentrai pour essayer de dévier la route intérieure de ce fameux cordon magique, mais ne sentis rien de différent. Changer cela ne semblait pas en mon pouvoir. J'absorbais naturellement ce dont j'avais besoin pour grandir. Pourquoi n'y arrivait-il plus de son côté ?

« *Hey !* »

« *Quoi encore… ?* »

« *J'ai peur que si tu ne te forces pas, tu restes trop petit et trop fragile pour sortir…* »

« *Laisse-moi dormir…* »

« *Non ! Tu ne peux pas dormir tout le temps ! Tu dois bouger, répondre à maman quand elle nous caresse et manger pour grandir.* »

« *Je suis fatigué… laisse-moi tranquille…* »

Quelque chose clochait. On ne pouvait pas jouer à qui était le plus fort ou la plus forte, ça n'avait pas de sens. On était un binôme, pas des compétiteurs, on devait évoluer ensemble. Je ne pouvais pas grandir et lui s'arrêter. Je ne comprenais pas pourquoi il préférait somnoler plutôt que de remuer ou de se nourrir. Ce n'était pas normal du tout ! Et comment pouvais-je agir d'ici, pour l'aider ? L'inquiétude ne me quittait plus. Je me sentais impuissante lorsqu'une idée vint me frôler l'esprit. Ma taille supérieure allait me servir.

« Mais pourquoi bouges-tu autant… ? Arrête, je veux dormir. »
« Je préviens maman que quelque chose ne va pas ! »
« Ça ne sert à rien… »
« Pourquoi ? »
« C'est trop tard… laisse-moi partir… »
« Trop tard, pourquoi ? »
« Parce que c'est comme ça… Je ne suis pas prêt à vivre… »

Devant l'urgence de la situation, je redoublai d'efforts, consciente que les délais ne jouaient pas en notre faveur. Le temps que les humains comprennent qu'un truc dysfonctionnait.

« Tu ne peux pas me laisser aller seule dehors »
« Si, je le peux… »

« Non, tu ne peux pas ! On est deux, on doit rester deux ! »
« Arrête, tu ne peux pas me sauver… Occupe-toi de toi, on se retrouvera… plus tard… »
« Quand plus tard ?
« Plus tard… Dans une autre vie… En attendant, deviens un soleil pour notre mère dans celle-ci. »

Dans un dernier geste, je réussis à faire éclater la poche des eaux grâce aux vibrations induites par mes mouvements. Le reste ne dépendait plus de moi…

« J'ai peur… »
« Moi aussi, ma sœur, mais ça ira… Ce n'est pas ma place dehors. Laisse-moi m'endormir pour de vrai maintenant… »

*   *
*

— Chéri...

— Oui ?

— Je crois que les bébés arrivent...

— Pardon ?

Une flaque prenait consistance au niveau des pieds de Brigitte. Elle n'était qu'à 7 mois, mais on l'avait prévenue que cela pouvait se passer de la sorte dans le cas de grossesse gémellaire. Il n'y avait donc pas lieu de s'inquiéter plus que cela, même si ces dernières heures, elle avait senti des mouvements plus appuyés que d'habitude. C'était souvent bon signe des bébés qui bougeaient, l'inverse aurait été au contraire préoccupant.

10

Plongée en apnée…

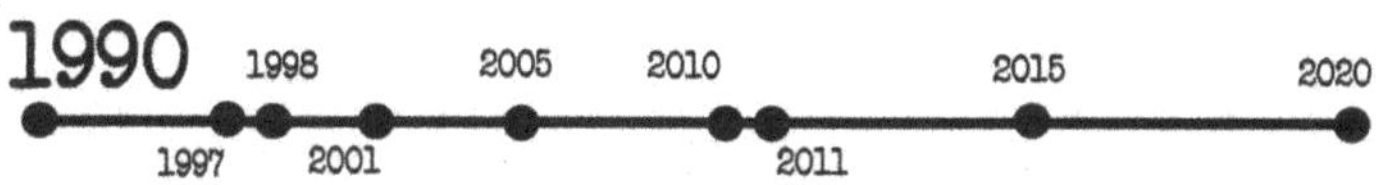

Le gynécologue obstétricien vint leur rendre compte des suites de cet accouchement difficile. Un médecin froid, que le métier avait probablement rendu hermétique à la douleur humaine, à moins qu'il ne le fût déjà auparavant.

— Comment… ? Comment est-ce possible ?

Pascal, assis sur le bord du lit hospitalier, tenait sa femme en état de choc dans ses bras, son menton posé sur son crâne en guise de protection. Il était anéanti, pour autant, il devait accuser le coup et respirer pour deux. Le docteur au physique aigri réajusta ses lunettes avant de reprendre :

— Je vous répète, monsieur Laugnac, nous avons mis en place tout ce qui était en notre pouvoir, mais le petit était trop faible. Sa sœur accaparait probablement des rations pour deux depuis plusieurs jours. Il n'avait aucune chance de survie. Ce que nous ne pouvions pas déceler avant puisqu'à la précédente échographie, tout s'avérait encore normal.

Un râle de douleur sortit de la bouche de Brigitte. Toute force l'avait quittée. Si son mari ne la maintenait pas, elle se serait effondrée d'affliction. Seul un filet de voix entre deux sanglots transperçait l'air ambiant :

— Je n'y crois pas Pascal… je n'y crois pas… Hum… Ce n'est pas réel…

L'homme en blouse verte, conscient de ses limites pour combler leur peine, estima qu'il était temps pour lui de tirer sa révérence. Il se dirigea droit comme un i vers la sortie de la chambre, posa sa main sur la poignée et se retourna pour clôturer leur rencontre.

— Enfin, voyez le bon côté des choses… Apparemment, il n'a pas souffert, et vous n'avez pas tout perdu, il vous en reste un sur deux. D'autres parents n'ont pas cette chance.

Pascal sursauta sous l'impact de ces paroles lancées avec nonchalance tandis qu'un hurlement guttural s'échappa de la gorge de Brigitte. Le rugissement primaire, celui qui sort des tripes et soulage du trop-plein d'émotions.

— Oh, ma chérie… Mon Dieu… Mon Dieu…

Il essuya délicatement, avec un morceau de draps, la bave autour des lèvres de sa femme, puis resserra son étreinte. Il comprima ses mâchoires un court instant pour se retenir de l'insulter. Si elle n'avait pas été dans une posture si faible et fragile, il se serait jeté sur ce cinglé arrogant pour lui refaire le portrait. Ses nerfs lâchèrent malgré lui.

— Putain, mais cassez-vous ! Cassez-vous bordel ! Comment osez-vous tenir de tels propos ? Vous êtes un malade, un grand malade ! JE VOUS AI DIT DE DÉGAGER !!!!

Devant le mélange de colère et de haine du père lui faisant face, le médecin ne se le fit pas dire deux fois. Il ne comprenait pas cette exagération systématique du deuil périnatal. Ce manque d'empathie lui était souvent reproché, pour autant, il gardait toujours le même discours, froid, distant. Il savait qu'il ne pouvait pas saisir leur douleur et espérait que des propos durs, mais logiques les aideraient. Depuis le temps, il aurait bien dû se rendre à l'évidence : cela ne fonctionnait pas. Il n'était plus doué pour les rapports humains, simple constat. Peut-être devrait-il se décider à laisser d'autres personnes parler à sa place, pour le bien-être de tout le monde ?

Il se souvint alors de tout, comme si c'était hier. Lorsque les gendarmes étaient venus, un jeudi matin à 6 h 30, 9 ans plus tôt, lui annoncer le décès de son fils de dix-sept dans un accident de scooter. Il se souvint de leur posture mal à l'aise, hésitante, et se rappela défaillir en silence. S'en suivit une perte de parole de plusieurs jours. Il se souvint de la sensation, avec cette déclaration, d'être amputé d'un membre, celle de se dire que rien ne serait plus jamais comme avant. Il se souvint appréhender qu'il n'entendrait plus jamais sa voix et se la passer en boucle dans sa tête, à refuser d'écouter d'autres voix que celle enfermée dans sa mémoire et sur son répondeur. Il prit conscience qu'il n'entendrait plus ni claquer les portes, ni son fiston crier de joie dès lors que son équipe favorite marquait un but. Il se remémora le nombre de fois où il s'était inquiété pour lui inutilement, les soirées entre copains, l'alcool… et cette fois-ci où il s'était couché serein. Il se rappela que la peur n'évitait pas le danger.

Alors, ces parents, sans souvenirs réels que ceux des neufs mois in utéro, c'était trop pour lui, il ne pouvait pas les comprendre. Beaucoup lui avaient explicitement indiqué que son comportement odieux était inacceptable, mais il n'arrivait pas à s'en débarrasser. Il ne parvenait pas à exprimer de compassion. En fait, il se le refusait. Sa détresse était encore trop puissante, trop forte, trop palpable, les années n'aidaient en rien. Alors, il ne pouvait pas souffrir pour d'autres, qui plus est pour des inconnus. Bien au contraire, il se soulageait avec leur malheur.

Il savait que beaucoup le considéraient comme un sale con. Pour lui, il s'agissait d'une question de survie. Il ne voulait pas se noyer dans la douleur d'autrui. Devenir un connard le maintenait en vie.

11

Tout signe est bon à prendre !

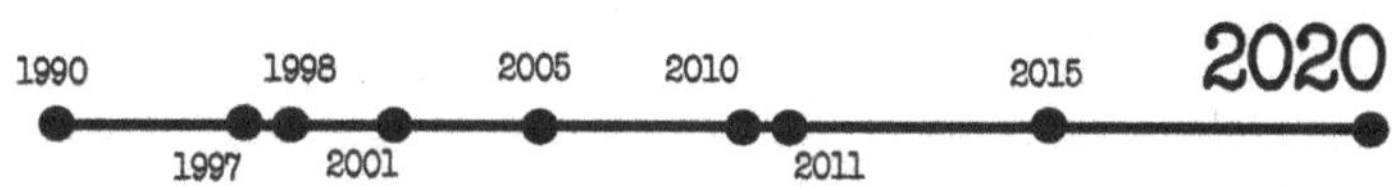

C'était un lundi matin à la fois semblable et différent des autres. Semblable parce qu'il démarrait une nouvelle semaine, comme les cinquante deux présentes sur le calendrier. Différent, parce qu'il humait l'espoir d'un avenir surprenant. J'allais enfin signer un vrai contrat de travail, pas un stage ou une mission intérimaire de quelques semaines. C'était la première fois que l'on misait véritablement sur moi, dans une fonction pour laquelle je dois l'avouer, je ne croyais pas des masses.

Ne pense pas à ça voyons… Tu feras au mieux avec ce qu'on te donnera, comme tu l'as toujours fait… Et surtout, « pense à tourner ta langue sept fois dans la caverne… »

Arrivée devant la barrière de l'entreprise, je m'annonçai à la personne dans l'interphone après la lente descente de la vitre. Un sourire niais ne me quittait pas. L'impression qu'une nouvelle existence prenait vie à l'instant présent. Une réalité que j'attendais depuis si longtemps avec la sensation que je pourrais peut-être effectivement me rendre utile dans ce bas monde. Et si cela fonctionnait, je serais enfin socialement vue autrement qu'une étudiante intermittente à temps plein depuis… la maternelle. Soit plus ou moins… vingt-sept ans.

La barrière se leva et avec elle, c'est toute une symbolique sur la culture d'entreprise qui se mit en place dans mon cerveau euphorique : le sentiment d'appartenance à une grande famille, tout le monde il est beau, tout le monde il est gentil. J'imaginais à l'avance des tee-shirts de société pour tous les employés avec un slogan fédérateur « Moreau & Cie, l'entreprise qu'il vous faut » ou « Moreau & Cie, un vrai commando » ou « Moreau & cie, le temps du renouveau ».

Hep, hep, hep ! Gare-toi et arrête de dérailler sévère !!

Ma petite voix intérieure me fit sourire. Elle avait raison, je n'avais pas si tôt commencé que déjà je m'éparpillais. Je claquai la porte de ma voiture et ma vitre descendit toute seule de moitié.

— Ah, non ! Pas maintenant…

Je rouvris la portière pour réparer en urgence cette dernière, une main de chaque côté du carreau pour le remonter en douceur. Entre ça, les essuie-glaces qui ne touchaient plus le pare-brise, mon pneu avant qui se dégonflait toutes les semaines, ma lunette arrière qui ne dégivrait plus, mes clignotants qui marchaient à l'envers — et ça, c'était un vrai problème par rapport à mes difficultés spatiales — il était temps que je passe à autre chose niveau « bolide », mais c'était pour moi un crève-cœur. Elle m'accompagnait depuis toujours et ne m'avait, mine de rien, jamais laissée tomber.

— Vous avez b'soin d'aide ?

La voix me prit par surprise et mon sursaut annula les efforts effectués depuis 2 minutes. Retour à la case départ. Respirer. Être polie. Ce monsieur ne pouvait pas savoir…

— Heu, non, non merci, ça va, j'ai l'habitude.

— Comme vous voul' voul' mademoiselle.

— Merci.

Je répétai la manipulation, mais vis qu'il ne s'éloignait pas pour autant.

— Vous êtes bien sûre ? Parce que les femmes, avec les voitures, elles sont pas très douées faut dire.

Le bonhomme rondouillard en bleu de travail partit d'un ricanement gras solitaire. Un rire ressemblant au cri d'une otarie sur la banquise.

À mon avis, ce dernier « n'a pas inventé la poudre à couper le beurre ».

Ses épaules montaient et descendaient au rythme du son, le tableau était… incroyable de dépit. On se trouvait en 2020 et un individu masculin que je ne connaissais pas venait de m'énoncer une blague misogyne à souhait, sur le parking de l'entreprise où je devais bosser sur l'égalité femme/homme. Mon euphorie s'atténua assez vite et ma langue reprit le dessus malgré moi.

— D'habitude je m'en sors mieux, car je la gare directement dans ma cuisine.

Pauvre tache…

S'en suivirent deux secondes de pauses auditives. Deux petites secondes avant que son rire n'explose de plus belle.

— Ha ha ha ! Elle est excellente celle-là. Garer sa voiture dans la cuisine. Ha ha ha. On me l'avait jamais faite. Ha ha ha. Allez, bonne journée, ha ha ha.

Le doute m'assaillit en même temps que l'inconnu poursuivait sa route vers l'entrepôt. Peut-être devais-je partir avant de commencer ? Peut-être que cette rencontre était un signe du destin ? Signe qui m'indiquait haut et fort « *cours Clémence, cours et ne te retourne surtout pas* ». La fuite était une meilleure solution que l'échec ! Testé et approuvé à de nombreuses reprises. Finalement, ça serait un lundi matin comme les autres.

À cet instant, une main tapota mon épaule.

— Bonjour, mademoiselle Laugnac. Je note votre ponctualité, c'est déjà un bon début. Suivez-moi, je vous en prie, m'annonça-t-il de manière bienveillante.

C'est bien ma veine… Et si je faisais comme si je n'avais rien entendu, remontais dans ma voiture et partais, l'air de rien ?

— Bonjour, monsieur Moreau… J'… J'arrive.

Respire Clémence, respire… Au pire, tu tiendras deux heures et tu perdras ton pari…

Je marchais dans ses pas lorsqu'il se retourna sans crier gare. Nous stoppâmes ainsi brutalement notre marche en direction de l'entrée. De près, ses moustaches se révélaient encore plus impressionnantes. Mes yeux ne purent s'empêcher de les fixer un instant pour vérifier qu'il n'y restait aucun résidu alimentaire.

— J'ai aperçu de loin que vous avez rencontré Philippe ?

— Heu… oui, peut-être, répondis-je étonnée et incertaine en modifiant mon angle de vue pour éviter de me faire griller dès les premières minutes.

— C'est un de nos meilleurs employés, vous verrez. Un brave homme sur qui on peut toujours compter.

Une heure… Une heure maximum…

12

Parfois je sens le noir monter en moi…
et je perds de vue le soleil…

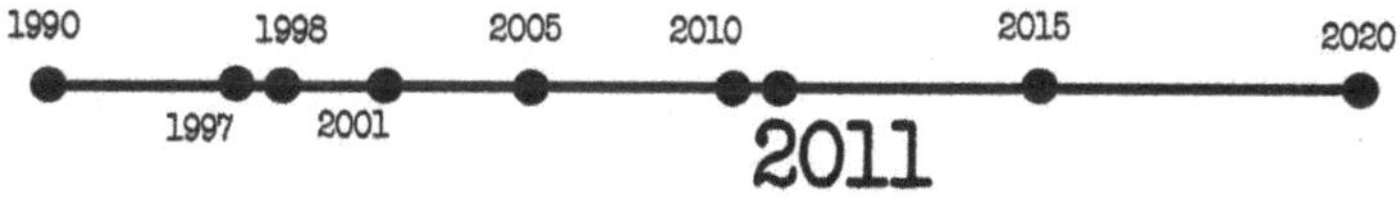

Avec Adèle, nous partagions depuis quelques mois un logement étudiant dans le centre-ville de Nice. Cela nous permettait de répartir les frais, et surtout, de ne pas être seules. Je m'étais enfin décidée à écouter les conseils de mon psy et à couper le cordon avec ma mère. C'était loin d'être simple, mais une nécessité. Ce choix avait été fort compliqué : culpabilité, sentiment d'égoïsme… Mais je devais voir la vérité en face. Rester avec elle ne changeait rien à son état. Ma mère était malade et je n'étais ni ne disposais d'un remède pour la soigner, à mon grand dam. Ma mission pour la sauver d'elle-même se résumait à un échec cuisant et absolu. Je devais, à présent, me préserver d'elle.

En journée, Adèle vaquait à sa troisième année de droit, quant à moi, je redémarrais chaque année à zéro, ne sachant vraiment pas ce qui me conviendrait le mieux. À défaut d'obtenir une licence, j'avais à mon actif trois premières années sur des thématiques différentes : Géographie, psychologie et journalisme. Il paraissait que la pluridisciplinarité, ça payait. Pour le moment, ce qui payait surtout, c'était mon job étudiant. Merci les supermarchés qui employaient les jeunes pour les soirées et les week-ends.

Adèle, c'était ma bonne conscience, celle qui me ramenait toujours du côté clair lorsque je tanguais malgré moi du côté obscur. Adèle, c'était une jolie jeune femme brune aux cheveux longs, gaie, bien en chair et qui assumait ses kilos en trop dans une société où l'on voyait des pubs pour les régimes à tous les coins de rue ou dans tous les magazines. À croire que c'était le plus important dans une vie. Il s'agissait surtout de ce qui devait rapporter le plus aux grands industriels, ça et les produits miraculeux antirides. Mais toujours aucun produit pour rendre simplement les gens heureux, au-delà de l'apparence physique.

Un dimanche soir, nous étions confortablement installées dans le canapé qui me servait de lit à regarder un film romantique à souhait lorsque mon téléphone sonna. Le nom qui s'afficha me glaça le sang.

— C'est mon père… déclarai-je en lançant un SOS silencieux à mon amie.

La dernière fois que nous nous étions parlé remontait à environ deux ans. Et si les mois s'étaient écoulés sans nouvelles entre-temps, c'était bien parce que cet échange avait manqué de sagesse et d'intérêt.

— Réponds Clem.

— Je n'ai rien à lui dire…

— Clem, me murmura-t-elle avec un regard de reproche…

— Pfff… OK… fait chier… susurrai-je.

Je me mordis l'intérieur des joues puis décrochai.

— Allo ?

J'entendis son souffle avant sa voix.

— Bonjour Clémence…

— Salut. Tu veux quoi ?

Adèle me fit les gros yeux et signe de respirer pour mieux me calmer.

— C'est ta mère…

Un malaise me prit et ma tête tourna. Mon équilibre vacilla et ma posture assise s'en ressentit. Adèle comprit immédiatement à ma pâleur que quelque chose n'allait pas, elle s'approcha et m'entoura de ses bras. Si mon père m'appelait pour me parler de ma mère, cela signifiait qu'il y avait un nouveau problème, un gros problème.

— Elle a… Elle a recommencé. Elle a pris trop de médicaments, poursuivit-il.

Je fermai les yeux. Jamais cela ne s'arrêterait. Que je sois ou pas avec elle. Jamais elle ne changerait. Ma mère évoluait sur un fil d'équilibriste depuis ma naissance. Vingt-et-un ans. Vingt-et-un ans que sa vie était instable et oscillait entre deux poids qui balançaient au gré de ses émotions. Vingt-et-un ans qu'elle avait décidé de stopper son existence, sans penser à nous autres… Si la vie était un vélo, elle avait choisi d'arrêter de pédaler et de tomber encore et encore au lieu de continuer et d'avancer. Le constat se révélait à nouveau amer. Le corps de ma mère survivait, mais son esprit était mort à ma naissance. Plus que de la tristesse ou de la crainte, j'éprouvais un mélange d'épuisement et de colère sourde qui montait en moi.

— L'hôpital avait gardé mon numéro… alors ils m'ont contacté…

— Et ça te fait quoi ?

Adèle me serra davantage le bras.

— Pardon ? me répondit-il d'un ton trop naïf à mon goût.

— Ça te fait quoi, de m'appeler pour que j'aille encore m'occuper d'une femme qui n'attend qu'une chose, c'est de crever ! Ça te fait quoi, hein, papa ? De m'avoir laissée toutes ces années dans la merde en faisant semblant d'être là.

— Clem…

— Non, arrête de vouloir t'expliquer ! Je suis désolée, mais je ne peux pas l'entendre. Putain, papa. J'ai vingt-et-un ans et ma mère a réalisé combien de tentatives de suicide… ? Je ne les compte plus. Tu penses que c'est normal ? Tu crois que j'ai une vie banale ?

Ma voix déraillа… Adèle me serra encore plus fort et me caressa le dos.

— Je suis désolée ma chérie… Je ne pouvais…

— Arrête… S'il te plaît… cesse de vouloir te trouver des excuses. Tu es resté quelques années pour ta conscience, mais en fait, tu étais déjà parti depuis longtemps. Tu m'as laissée grandir seule… en étant présent un jour de temps en temps à la maison. Tes préoccupations d'homme étaient ailleurs. Quel père imposerait ça à son enfant dans ce contexte ?

— Clémence…

— Je ne sais même pas pourquoi je continue de t'appeler « papa ».

— Clem…

— Peut-être que j'aurais dû mourir à la naissance avec mon frère.

Je raccrochai pour ne plus l'entendre. À quoi bon ? Une grande lassitude m'embarqua et je glissai au sol sans pouvoir retenir mon corps. Adèle se positionna, une jambe de chaque côté de mes bras et vint croiser les siens autour de mes épaules, sa tête contre la mienne.

— Allez ma Clem, tu t'en sortiras, comme toujours.

Mes larmes coulaient, mais ces larmes s'adaptaient depuis le temps. Elles semblaient à chaque fois différentes. Les premières fois, c'étaient des larmes de peur, d'effroi, d'incompréhension. Puis, on passait à des larmes de tristesse, toujours mélangées à l'angoisse, ensuite, il y avait celles de la culpabilité puis celles de la colère et enfin, celles de l'épuisement, de l'impuissance.

— J'en ai marre, Adèle… J'en ai marre.

— Je comprends… chut… je comprends ma poule.

— Ça ne peut pas continuer comme ça toute ma vie…

— Elle est malade, Clémence…

— Je sais bien qu'elle est souffrante. Mais enfin, si elle voulait vraiment se tuer, ne crois-tu pas qu'elle pourrait agir différemment ? Il y a plein d'autres possibilités bien plus directes ! Là, elle nous prend en otage.

— Elle n'y peut rien…

J'essuyai mes yeux et laissai mon esprit s'enfuir de la pièce quelques instants.

— Je ne pense pas.

— Tu ne penses pas quoi ?

— Qu'elle n'y peut rien. Je crois au contraire qu'elle choisit et qu'elle décide de cette situation.

— Clémence, ne dis pas ça…

— Pourquoi ? Pourquoi ne pourrais-je pas dire ça ? Parce qu'elle est la pauvre victime ? Parce qu'elle a perdu un bébé il y a vingt et un ans ? Parce que c'est elle la malade, alors il ne faut rien sous-entendre ? Parce que son mari l'a quittée il y a trois ans alors que cela en fait au moins dix qu'il s'envoyait en l'air avec une autre ? J'en ai marre, Adèle ! Il y a plein de gens qui désireraient vivre plus que tout et qui se trouvent en phase terminale d'un maudit cancer, et elle, elle est en bonne santé et elle souhaite crever ? Elle est où la logique là ? Il est où son respect pour les autres !

Je reniflai un sanglot et essuyai mon visage avec ma manche.

— J'en arrive à espérer qu'elle y passe Adèle. Tu comprends ça ? Elle me fait devenir mauvaise et je ne parviens plus à lutter contre. On ne devrait pas laisser vivre ceux qui ne le veulent plus, ça devient une torture pour ceux qui restent.

Adèle, contemplant son amie avec affection, ne put s'empêcher d'ajouter, ironique :

— Comme le dit souvent une de mes copines cocaïnomanes : tire un trait, tu y verras plus clair.

— Pardon ?

— Blague, c'est une blague, respire…

13

Une cause perdue !

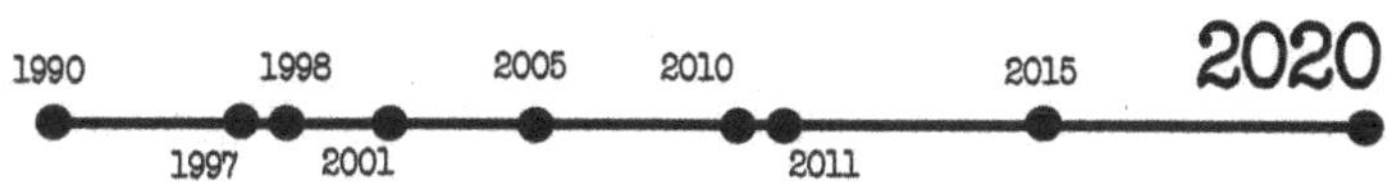

— Installez-vous, mademoiselle Laugnac.

— Merci.

Je pris place en face de lui. Son bureau simple, ni trop grand, ni trop petit, ne correspondait pas à l'image de « moustache et pantalon velours ». Étrangement, le mobilier moderne était un mélange de bois et de couleur anthracite procurant une ambiance industrielle classe. L'odeur du neuf régnait. Les chaises étaient à la fois design et ergonomiques. Au mur, un seul et immense tableau abstrait gris foncé trônait au-dessus d'une bibliothèque basse en harmonie avec le reste. J'espérais que mon bureau serait aussi accueillant ! Quelques bibelots étaient éparpillés sur le sien, des objets publicitaires et, j'imaginais des photos de famille et des souvenirs de vacances dans les petits cadres en aluminium, proches de son écran.

— Un café ?

— Volontiers.

Il disposait de sa propre machine à grains. Point positif, il n'appelait pas une secrétaire pour qu'on le fasse couler à sa place. Ça démarrait peut-être par-là l'égalité des sexes, appuyer seul sur un bouton, même si on était un homme.

Clémence, ne commence pas…

— Du sucre ? me demanda-t-il ?

— Oui, s'il vous plaît. Deux.

— Deux ?

Une grimace penaude s'afficha sur mon visage.

— Je sais, ce n'est pas bien.

— Ça vous enlève surtout le goût et l'arôme du café. Sentez-moi ça, humm. Enfin, vous êtes grande. Bon, nous allons pouvoir faire le point et définir ce que j'attends de vous. Déjà bienvenue parmi nous, ajouta-t-il avec un sourire avenant. Josiane vous fera effectuer le tour des bureaux après notre rendez-vous.

Si Josiane était la personne qui m'avait accueillie la semaine dernière, la tournée promettait d'être accomplie dans une ambiance de folie.

— Parfait, me contentai-je de répondre.

— Bien, auparavant quelques infos sur « Moreau & Cie ». Nous sommes une entreprise familiale depuis 1833. À la base, nous étions chaudronniers, puis fabricants d'Alambics. C'est notamment une des raisons pour laquelle nous sommes localisés sur Grasse, le secteur de la parfumerie étant notre cœur de métier. Depuis, nous avons renforcé notre savoir-faire sur d'autres investissements comme la confection d'extracteurs modernes, la conception d'unités de production. En fait, nous suivons les besoins de nos clients et l'évolution de la Parfumerie.

J'avais déjà lu tout cela sur leur site Internet. Il venait de réaliser une introduction claire et concise qui me permettait de réviser ma connaissance de l'entreprise dans laquelle j'allais à présent œuvrer.

— J'ai cru voir également qu'au-delà du monde des parfums, vous vous êtes depuis longtemps diversifié dans d'autres secteurs d'activités industriels.

— Tout à fait. Nous continuons de travailler sur la production de machines spécifiques aux besoins des industriels en parfumerie, mais nous avons aussi l'activité emballage et flaconnage qui est bien plus large en matière de clients. À savoir que nos conditionnements sont considérés comme de très haute qualité, ce qui justifie qu'ils soient relativement onéreux.

Je portai ma tasse de café aux lèvres pendant son explication. Sa manière de parler de son entreprise était passionnée. À l'inverse de ce qui pouvait émaner au premier regard. Comme quoi, les premières impressions pouvaient s'avérer inexactes.

— Nous comptons environ 300 employés Clémence – Je peux vous appeler Clémence ?

— Bien sûr, monsieur.

Il acquiesça à ma réponse d'un signe de tête.

— Donc 300 personnes, mais pas toutes sur ce site. La grande majorité est ici et le reste de l'effectif est réparti sur un autre lieu au cœur de la France.

— Quelle est la configuration des postes en matière d'hommes et de femmes ?

— J'allais justement y venir. Près de trois quarts des emplois ont des profils masculins.

— Je suppose pour tout ce qui relève du technique.

— Tout à fait. L'administratif est exclusivement féminin.

— Comme par hasard…

Ma réplique spontanée n'était pas tombée dans l'oreille d'un sourd.

— Je vous mets au défi de changer la donne, me répondit-il espiègle en effectuant des rotations de son stylo bille entre son pouce et son majeur.

— Je disais ça comme ça, monsieur. Ce cloisonnement de fonction est le même partout.

Il oscilla légèrement sur son fauteuil et tapota son stylo sur sa lèvre inférieure — geste habituellement féminin.

Clémence !! …

— Justement, nous allons innover et faire évoluer l'entreprise, et vous allez nous y aider.

— Pardon ? répliquai-je surprise.

— Votre discours, la semaine, dernière m'a interpellé. Je pense que vous avez le dynamisme nécessaire pour ce genre de mission. C'est une idéologie que je souhaite mettre en œuvre depuis quelque temps, le moment est enfin venu. Les métiers n'ont pas de sexe, c'est l'idée que l'on s'en fait qui nous enferme dans des stéréotypes.

Voilà, j'avais compris. Mon patron était un démago doublé d'un utopiste. C'était digne de sa personne, mais une sacrée cause perdue. Mes yeux clignèrent plusieurs fois de suite.

— Vous me demandez de transformer des techniciens en secrétaires et des secrétaires en techniciennes ?

— C'est à peu près cela, oui. En tout cas, de leur faire comprendre que c'est possible. Devenons une entreprise moderne, Clémence.

— Je… Je croyais que le poste consisterait à créer des évènements, rappeler les situations sexistes au travail à éviter, le respect entre les hommes et les femmes…

— L'un n'empêche pas l'autre, j'ai envie de vous faire confiance. Sentez-vous libre de mener cette mission comme bon vous semblera. Pour le moment, je vous propose un contrat d'un an. Nous effectuerons un point d'étape tous les mois.

OK, c'est-à-dire que permuter les postes Philippe/Josiane là… comme ça, à froid, sans vouloir tomber dans le pessimisme, je ne le sens pas vraiment.

14

Un vaccin contre la bêtise

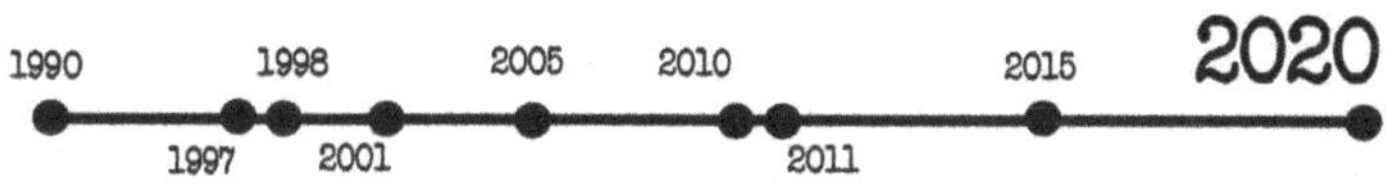

— Je vous laisse avec Josiane, bonne visite et bonne installation dans vos quartiers. On se revoit dans quelques jours pour vos premières impressions. Josy, prévoyez-nous un rendez-vous pour fin de semaine s'il vous plaît. Merci.

— Bien, monsieur Moreau, minauda-t-elle.

J'avais l'intuition que « Josy » appréciait notre patron plus que de raison. Si cela s'avérait exact, j'espérais que cela ne compliquerait pas nos relations professionnelles, car les histoires ambiguës au travail n'étaient jamais simples.

— Merci pour votre accueil et votre confiance. Je ferai au mieux pour ne pas vous décevoir.

— J'en suis convaincu, Clémence ajouta-t-il avec un clin d'œil complice.

Il retourna dans son bureau et ferma la porte. Nous nous retrouvâmes nez à nez avec Josiane qui perdit son sourire dans la seconde.

— Jeune fille, pour le bien de tout le monde, il faut que tu saches quelque chose.

— Ah, OK, heu... On se tutoie ?

Elle ne répondit pas à ma question et poursuivit, les dents serrées.

— Cela fait trente ans que je travaille ici. Trente ans que je suis au service de monsieur Moreau. Et je ne laisserai personne se mettre entre lui et moi, c'est compris ?

— Josiane... Je ne saisis pas. Vous vous égarez.

— Oh, ne me prends pas une imbécile ! Je vous connais les petites jeunes là. Vous croyez que parce que vous arrivez avec votre fraîcheur, vous allez pouvoir faire votre loi et vous montrer au-dessus de nous autres, qui sommes en poste depuis toujours.

— Enfin, Jo...

— Je n'ai pas fini, me coupa-t-elle.

Je soufflai et levai les yeux au ciel. C'était le genre de discussion stérile que je détestais.

— Voilà, c'est ça ! Cette mine condescendante de la jeunesse. Quel manque de respect ! Ici, ça ne marchera pas. C'est clair ?

Je devais recentrer la conversation avant qu'elle ne s'envenime pour de bon. D'autant plus que le patron ne se situait qu'à quelques mètres de nous. Hors de question de faire mauvaise impression alors que j'avais déjà gagné mon pari des deux heures contre Adèle.

— Vous deviez me faire visiter les installations et me présenter quelques personnes Josiane, rien de plus, rien de moins.

— Nous allons y aller, souffla-t-elle en se dirigeant derrière son bureau pour mettre son écran en veille.

— Josiane, je suis ici pour travailler, monsieur Moreau est mon patron au même titre que le vôtre. Il m'a confié une mission que je vais tenter de mener à bien. Cela s'arrête là.

— J'y compte bien. De toute manière, je suis l'œil de cette entreprise, ajouta-t-elle en plissant les paupières. Crois-moi, je sais tout ce qu'il y a à connaître sur tout le monde ici, en bien et en moins bien. Et je ne recense plus le nombre de femmes ayant succombé au charme de monsieur Moreau. Elles sont toutes parties, toutes, tu m'entends. Et ça sera pareil pour toi si tu t'avises de vouloir trop te rapprocher de lui.

Succomber au charme de Moustache, le roi des pantalons côtelés en velours ? Mouarf.

— Josiane, si cela peut vous rassurer et nous faire démarrer sur de meilleures bases, loin de moi cette idée. Sincèrement, ce n'est même pas mon genre.

— Pardon ? Pas ton genre ?

Qu'avais-je dit ? Vite. Trouver une réponse sans équivoque qui éteindra le début d'incendie.

— Josiane, je n'aime pas les hommes, donc, tout ira bien.

Je soufflai de soulagement et attendis une réaction qui ne vint pas. Josiane s'était pétrifiée sur place. Rien. Plus aucun mouvement. Je comptais dans ma tête les secondes qui s'égrenaient. J'avais presque envie de vérifier sa respiration bien que je doutais que l'on puisse périr debout de la sorte, sauf si l'on était un cheval, ce qui n'était pas le cas. Mais bon, parfois, la vie était vraiment étrange. Certains désiraient mourir et n'y parvenaient pas, d'autres ne le voulaient pas et n'avaient pas le choix. Pourvu que Josiane ne me fasse pas une mort subite du nourrisson à 55 ans. Au bout de dix longues secondes, elle revient comme par miracle à la Vie « *Dieu est grand songeai-je* ». Son regard avait néanmoins changé.

— Tu aimes… les femmes ? me lança-t-elle interloquée.

— On peut le voir comme cela si ça vous rassure, donc aucun risque pour le patron.

Je la vis cligner des yeux plusieurs fois, hésitante.

— Tu aimes… les femmes ? Mais, mais, c'est une maladie ça ?

Super… le conflit de générations dans toute sa splendeur. Inspirer, expirer, inspirer, expirer… « Faut quand même pas pousser le bouchon dans les orties », madame.

— Tout à fait. D'ailleurs il y a un vaccin contre, ça vous tente ? soufflai-je exaspérée.

Je la vis blêmir et s'asseoir sur sa chaise de tout son poids.

— Josiane, je blaguais, soupirai-je. L'homosexualité n'est pas une maladie. C'est un état. Cela a toujours existé, dans toutes les cultures. Et puis, on ne choisit pas qui on aime, cela nous tombe dessus, homme ou femme. On tombe amoureux ou amoureuse d'une personne avant tout. L'amour n'a pas de sexe. Par pitié, Josiane, nous ne sommes pas au Qatar. Il faut évoluer avec son époque. Et puis sincèrement, nous sommes au travail. Nous ne devrions même pas discuter de cela entre nous, c'est de l'ordre de la vie privée.

J'avais perdu la Josy agressive et sûre d'elle du début de la conversation. Elle secoua légèrement la tête pour reprendre ses esprits puis se leva de sa chaise.

— Tant que je ne l'attrape pas. Allez, on y va, je n'ai pas que ça à faire…

15

Un dragon nommé Josy

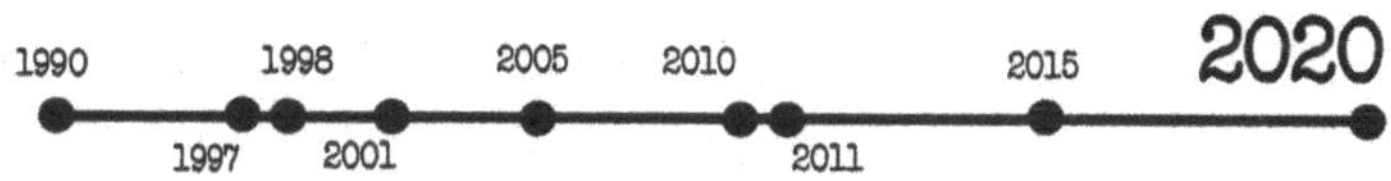

Josiane me fit découvrir le bâtiment administratif avec ses services ressources humaines, finances, communication et juridique. Des bureaux normaux, moins bien meublés que ceux du grand patron, mais corrects malgré tout. Sur une trentaine de personnes, deux seuls individus masculins au compteur, tous deux en poste de directeur.

Comme c'est étrange…

Nous poursuivîmes avec la visite de l'atelier. Ça ou rien, vu la vitesse éclair à laquelle nous allions, cela aurait été pareil. Elle y mettait tout sauf du cœur à l'ouvrage. Je pouffais mentalement en songeant qu'elle avait peut-être peur d'attraper ma « maladie ». Pour la peine, j'envisageais de me coller davantage à elle, sans aucune honte de ma part, et avec une satisfaction personnelle intérieure de bas niveau. J'assumais.

Les services techniques étaient masculins à 98 %. J'avais un doute sur deux pour cent n'ayant pas su déterminer le genre d'un individu rencontré au détour d'un couloir. Les chaînes de production étaient immenses, pour autant, à première vue, rien n'avait l'air insurmontable pour une femme. Tout paraissait automatisé et le matériel dernier cri permettait aux employés d'éviter certains efforts physiques. À creuser dans les jours qui suivront. En revanche, c'était un fait, l'uniforme n'était pas glamour. Il était, en étant franche, plutôt moche, n'ayons pas peur des mots. Bien que l'on ne vienne pas au travail affublé de la même manière que pour monter les marches du Festival de Cannes, une tentative d'amélioration pouvait forcément être réalisée de ce côté-là.

La zone était bruyante, entre les chariots qui roulaient, les machines qui assemblaient, le résultat apparaissait assez cacophonique. Je reconnus Philippe près d'une ligne de production d'emballages en inox. Il nous fit un signe de loin auquel je répondis par un geste automatique de ma tête. Josiane était aux abonnées absentes, elle filait droit et voulait se débarrasser au plus tôt de sa corvée, c'est-à-dire de moi.

De retour à son poste, je la sentis soulagée d'être arrivée saine et sauve à sa destination. Son derrière devait être au comble du bonheur de retrouver la place lui permettant de se trouver au plus près de son Don Juan à deux roubles. Lorsque je raconterai ça à Adèle.

— Heu… Et mon bureau Josiane ?

— Ton quoi ? Ah oui. Monte aux RH et vois avec eux, me lança-t-elle sans un regard.

Prendre sur moi semblait la meilleure des solutions sur le moment. Je crèverai l'abcès plus tard, une fois que je me serai mise en jambe et que j'aurai un peu plus appréhendé l'environnement dans lequel je naviguerai les prochains mois. Je décidai de la prendre à contre-pied.

— Entendu, j'y vais. Merci beaucoup pour le temps accordé Josiane. J'imagine que celui-ci s'avère précieux. Bonne journée à vous et à bientôt.

Un simple « Humhum » sortit de sa bouche.

Tu ne sais pas à qui tu as affaire Josy... même si « tu n'y vas pas avec le dos de la main morte », nous « remettrons les pendules à zéro » au moment opportun.

Je pivotai pour prendre la direction des escaliers et me rendis compte que je serais incapable de retrouver leurs bureaux toute seule. Les couloirs étaient un vaste labyrinthe où tout se ressemblait. Je revins sur mes pas et fis mine de tousser devant elle.

— Hum Hum.

— Quoi encore ?

Seigneur, priez pour elle... et empêchez-moi d'être désobligeante...

— En fait, je ne me souviens plus très bien comment y accéder.

— Ça commence bien, souffla-t-elle en levant les yeux au ciel. Escalier. 2e étage. Tout droit jusqu'à l'intersection, puis gauche. Monter encore un niveau par la porte du fond. Tu arriveras devant la communication. Les RH sont situés 2 bureaux après.

Loin de moi l'idée de lui demander de répéter de cracher son venin. Je la laissais pour le moment dans sa méchanceté gratuite. J'avais tourné son attitude en boucle les trente minutes que nous avions passé ensemble. Elle avait avant tout un problème à résoudre avec elle-même, pas avec moi. Quelque part, ma relation chaotique avec ma mère avait au moins le mérite de me permettre de déceler les personnes mal dans leur peau. Et puis mince, je ne pouvais pas sauver la Terre entière. Chacun était responsable de sa misère. Certains avaient besoin de construire leur propre malheur et de nous le faire subir pour être heureux. J'avais mangé assez de chien enragé depuis trente ans pour continuer. Qu'elle se débrouille.

Je montai les deux étages et me repérai tant bien que mal avec ses indications certes, précises, mais lamentables pour une nouvelle telle que moi. Qu'à cela ne tienne, j'arriverai bien à trouver ces bureaux sans elle. Je profitai de dénicher des sanitaires au fond du couloir pour me nettoyer les mains plus que de raison. Ce simple geste me soulagea. Le sentiment d'éliminer la crasse mentale dont Josiane m'avait fait goûter à mes dépens.

En sortant de la pièce, je devais me remémorer d'où je venais pour ensuite choisir un des deux côtés de l'intersection. Je n'avais jamais été à l'aise avec ma gauche et ma droite. Il paraissait que c'était un souci plutôt féminin. Les hommes, quant à eux, étaient plus souvent confrontés au daltonisme. Chacun ses problèmes bien que le leur les arrangeait assez lorsqu'ils brûlaient un feu rouge. Alors, de mon côté, tout allait bien, je n'étais pas chirurgienne et donc, je ne retirerais pas le mauvais rein à un de mes patients, mais tout de même, parfois, ça compliquait un peu le quotidien, comme aujourd'hui pour me repérer dans ce foutu couloir.

Tergiversant depuis trop longtemps, je me décidai à me diriger au feeling. Ce dernier devait être en grève sans préavis puisqu'à peine tourné, je rentrai en plein dans une personne qui venait du sens opposé.

— Mince, je suis désolée !

Plusieurs documents étaient éparpillés au sol.

— Oh non, ce n'est pas vous. C'est moi, je ne regarde jamais où je vais. Oh, mon Dieu, elle va me tuer, tous les papiers sont mélangés ! Mon Dieu, mon Dieu ! Elle va encore dire que je suis trop distraite.

La pauvre jeune femme était en panique.

— Je vais vous aider, à deux cela sera plus rapide.

— Non, mais tout est en désordre, on ne va jamais y arriver !

Avais-je loupé une prophétie de Nostradamus devant se réaliser ce jour sur la fin du monde ? Il ne me semblait pas. La personne devant moi était de toute évidence soit sur les nerfs, soit hyper émotive, soit les deux.

— Regardez, il y a des chiffres pour la pagination en bas de chaque feuille.

— Ah oui ? Oh génial !

En deux temps, trois mouvements, nous avions remis en place sa pile et je la sentis bien plus sereine.

— Merci beaucoup, vous m'avez sauvée.

Elle s'arrêta comme pour chercher le mot suivant et j'ajoutai, en tendant la main :

— Clémence.

Un joli sourire innocent orna son jeune visage.

— Moi c'est Marie.

— Enchantée, Marie. Vous allez peut-être pouvoir me sauver à votre tour.

— Bien sûr, dites-moi.

— Je cherche le bureau des ressources humaines.

— Ah ! C'est de l'autre côté du couloir.

Une chance sur deux et je m'étais loupée…

— Vous montez les escaliers, arrivée en haut vous trouverez le service communication, cela sera deux portes après sur votre gauche.

Bon… j'avais déjà réalisé la moitié du chemin…

— C'est vous la nouvelle ?

— Je crois bien, répondis-je gaiement.

— Bienvenue alors, on se verra plus tard. Je dois amener tout cela à madame Josiane avant qu'elle ne hurle.

— Josiane, à l'accueil ?

— Oui, c'est elle. Vous l'avez rencontrée ?

— Je suppose, j'ai croisé un dragon, ajoutai-je taquine.

Voilà, une première complicité était née. Nous avions affronté le même démon, cela tissait forcément des liens.

Philippe, Josiane et Marie. Trois confrontations, trois personnalités très différentes. Il m'en restait près de 295 à découvrir, une broutille. Me recentrer sur ma mission principale à l'instant T, trouver mon bureau en passant par le service des RH.

Elle a dit à gauche. Gauche, c'est le contraire de la main avec laquelle j'écris…

16

Il n'y a pas de preuve que ça marche

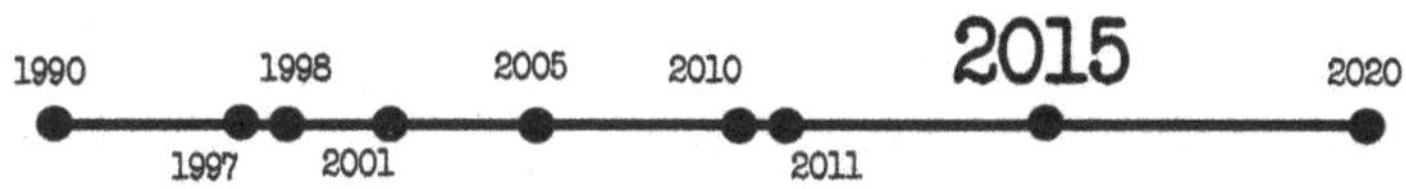

Toujours le même espace depuis quinze ans, toujours les mêmes genres de dessins au mur, et moi, toujours debout à faire semblant de les détailler. Cela faisait beaucoup d'habitude, mais quelque part, cette constance me rassurait. Au moins, je savais que lorsque je venais ici, rien ne changeait, c'était un lieu de stabilité.

— C'était ton anniversaire la semaine dernière, Clémence. Vingt-cinq ans.

— Il paraît.

— L'as-tu fêté ?

— Pour quoi faire ? répondis-je du tac au tac de façon détachée.

Je déambulai au ralenti en frôlant certains dessins de la pulpe de mes doigts. J'essayai d'imaginer la vie de ceux qui les avaient créés. Pourquoi ce carré noir entouré de rouge ? Pourquoi ce monstre écrabouillé dans le coin d'une feuille ? Pourquoi cette page blanche ? Et moi, qu'aurais-je gribouillé à l'instant si on me l'avait demandé ?

— Peut-être pour vivre comme les jeunes de ton âge.

— Je ne suis pas comme les jeunes de mon âge.

— On est ce que l'on décide de devenir.

— C'est trop facile ça.

— Clémence…

Le professeur Brémond était un homme bon. Il procédait au mieux avec ce qu'on lui donnait, mais il n'était pas nous, il ne vivait pas nos histoires et malgré toute sa motivation et son professionnalisme, il y avait des éléments qui lui étaient impossibles à saisir.

— Clémence, cela fait plus de quinze ans que tu viens me voir.

— Je sais… Plus de la moitié de ma vie, ça se fête ? ajoutai-je sarcastique.

— Je ne peux pas entreprendre le chemin pour toi. Il y a des décisions qui doivent provenir de ta personne.

— Comme celle de déménager et d'abandonner ma mère ?

Il soupira, s'étira dans sa chaise puis se leva pour me rejoindre. Nous étions tous les deux, debout, devant un mur de photos que nous ne regardions pas.

— Tu n'as pas « abandonné » ta mère. Tu as suivi ton chemin d'adulte. Les parents ne font pas des enfants pour les garder à vie dans leurs nids.

Probablement. Mais ça, c'était pour des parents normaux.

— Quoi qu'il arrive, ça a changé peu de choses. Elle est toujours la même et je ne suis plus là pour la surveiller au quotidien.

— Ce n'est pas ton rôle.

— C'est celui de qui alors ? soufflai-je exaspérée.

— De personne. C'est une adulte. C'est à elle de se gérer.

— Elle ne peut pas, vous le savez très bien.

Il posa sa main sur mon épaule, à la façon d'un père. Enfin, c'est ce que j'imaginais.

— Il faut que tu acceptes, une bonne fois pour toutes, de te désolidariser de cette responsabilité que tu te donnes. Il n'y a que de cette façon que tu pourras continuer à avancer.

Je n'avais pas envie de répondre. À quoi bon ? Pour moi, il n'y avait pas de solution. Mon existence était étroitement liée à celle de ma mère et à son moral, c'était comme ça. On ne choisissait pas où l'on naissait, on le subissait.

— Et ta vie sentimentale alors ?

— Devons-nous vraiment parler de ça ?

— Tu es libre de le vouloir ou pas, Clémence. Il n'y a rien d'obligatoire ici, uniquement des suggestions.

Je la connaissais, sa pseudo liberté aiguillée. C'était sa méthode, il m'amenait droit où il voulait que j'aille, mais ça m'arrangeait bien, car sans son aide, je ne le ferais pas. « *Ce n'était pas à un vieux singe que l'on apprenait à tomber de la dernière pluie* ».

— Elle est… Inexistante.

— Là aussi, jeune fille, il va falloir que tu lâches un peu de lest.

Mais bien sûr, comme si c'était aussi simple que cela.

— Je crois qu'en matière de relation humaine compliquée, j'ai déjà fort à faire.

— Ne compare pas ce qui est incomparable. Ta mère n'est pas ton couple.

— Ça ne l'est peut-être pas, mais je n'ai pas envie d'ajouter de la difficulté dans ma vie.

— Qui te dit que ça serait de la difficulté que tu ajouterais ?

— Qui me dit que cela n'en serait pas ?

Comme souvent, nous nous retrouvions chacun à prêcher pour notre propre paroisse.

— As-tu une preuve que rencontrer quelqu'un pourrait te faire plus de mal que de bien ?

— Avez-vous une preuve que rencontrer quelqu'un pourrait me faire plus de bien que de mal ?

— Nietzsche disait « *Ce n'est pas le doute, c'est la certitude qui rend fou* ».

Voilà, monsieur costume de philosophe était revenu. Je préférais largement mes proverbes arrangés, bien plus funs, mais je n'avais jamais osé lui en partager.

— Je me méfie du bon sens d'une citation d'un mec au nom imprononçable par la majorité des humains, me moquai-je.

— Ne fais pas ta mauvaise foi d'adolescente attardée, tu comprends très bien ce que je veux dire. Tu possèdes les clés de ta propre prison. N'accuse pas ta mère d'être ta geôlière, c'est toi. Il faut juste que tu oses enfin trouver ce fameux trousseau et ouvrir les verrous avec.

Je fermai les yeux et imaginai une clé qui pouvait me délivrer de tout cela. Étrangement, cela ne fonctionnait pas des masses.

— J'adore vos images. On pourrait presque croire que ça pourrait être simple, ironisai-je. Mais, vous savez, pour revenir à ma vie intime, si je n'arrive déjà pas être heureuse seule, je ne vois pas comment je pourrais l'être à deux… Donc, chaque chose en son temps.

— Sénèque disait « *La vie n'est pas d'attendre que les orages passent, c'est d'apprendre comment danser sous la pluie* ».

J'avais décidé, ce jour, d'être dans la contradiction.

— Vous en avez encore beaucoup en stock ? Parce que si je viens pour que vous me sortiez les citations bateaux qui circulent en masse sur Internet, peut-être que je réaliserais des économies en diminuant nos rendez-vous.

— C'est à toi de choisir… Mais pose-toi une question… Préfères-tu échouer ou abandonner ?

— Pardon ?

Je changeai mon angle de vue pour aligner mon regard sur le sien. Il était toujours debout à mes côtés, légèrement plus grand que moi. J'attendis qu'il poursuive.

— Tu as très bien compris, ne joue pas à l'imbécile avec moi, mais laisse-moi éclairer ta lanterne. Je pense que tu es une personne forte Clémence, ne lève pas les yeux au ciel. Tu es une personne solide, crois-moi, et les individus de ta trempe s'accrochent, quitte à échouer, mais ils ne renoncent pas. L'abandon, c'est un signe de faiblesse, et tu n'es pas faible, même si tu veux te le faire croire. Arrête de te mentir. Et tu sais quoi ? L'échec n'est jamais définitif. On échoue, jusqu'au jour où on y arrive enfin. Ce qui compte c'est de réessayer. Alors, cesse d'avoir peur de tomber pour tout.

Je digérai ses mots en deux respirations.

— Et ça vient de qui ça… ?

— Je ne me rappelle plus, mais toujours pas de moi… conclut-il espiègle.

17

Laisse le vent souffler dans tes cheveux

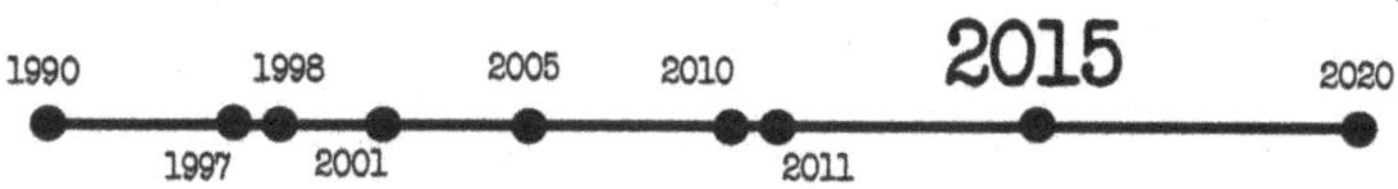

Les paroles du professeur Bremond tournaient en boucle dans ma tête depuis des semaines « *L'abandon, c'est un signe de faiblesse, et tu n'es pas faible, même si tu veux te le faire croire. Arrête de te mentir. Et tu sais quoi ? L'échec n'est jamais définitif. On échoue, jusqu'au jour où on y arrive enfin. Ce qui compte c'est de réessayer* ».

J'avais besoin d'une pause, de souffler, de me retrouver perdue au milieu de rien, enfin non, plutôt au milieu de tout, de nature, d'arbres, d'oiseaux, de ruisseaux. Lorsque le tourbillon de la vie vous malmenait, un retour aux sources ne pouvait être que salvateur. Je décidai donc de chausser mes plus belles baskets — la seule paire en ma possession — et de prendre la route pour la moyenne montagne.

Au bout d'une heure de trajet sinueux traversant des paysages escarpés, je garai ma voiture en amont d'un virage, deux kilomètres après le village de Gréolière. L'accès du chemin que je comptais suivre était méconnu de la plupart des personnes qui passaient devant. Rien ne pouvait le laisser deviner et tant mieux. Ceci permettait de préserver le petit coin de paradis situé quelques centaines de mètres plus bas.

J'éteignais mon portable et amorçai la descente étrangement légère. Être ici était libérateur, la forêt se transformait en cocon protecteur. Une partie de notre mère Nature m'accueillait auprès d'elle pour m'aider à y voir plus clair. Je respirais à nouveau à plein poumon. Mon regard se laissait happer par tout ce qui l'entourait, je redécouvrais la beauté des choses simples. L'odeur de la Terre entrait en moi.

Et pourquoi ne pas devenir Ermite… ? N'importe quoi Clem…

Les sons de la nature m'apaisaient et accompagnaient mes pas hésitants selon l'état du chemin. Si je me tordais une cheville, je serais bien embêtée, mais j'étais confiante, cela ne surviendrait pas.

J'espérais que la sérénité du lieu d'arrivée me permettrait de trouver des réponses pour ma mère. Elle ne pouvait continuer sa vie de la sorte et moi non plus.

J'approchais des derniers mètres à parcourir lorsqu'au détour d'un buisson, le fameux paysage recherché m'éclata en pleine figure. Comme à chaque fois, j'en avais le souffle coupé. Ce décor était magique, mystique. Une belle et grande vasque turquoise entourée de rochers gris clair polis par l'eau et le temps. L'harmonie du lieu nous laissait imaginer mille histoires de fées et de lutins prenant place dans ces contrées pas si lointaines de nous autres, petits humains.

Je repérai mon roc fétiche, celui me permettant à la fois de profiter de la vue à cent quatre-vingts degrés, puis de pouvoir tremper mes pieds dans l'eau glacée et vivifiante de la montagne.

— Aidez-moi à trouver les réponses… soupirai-je

J'envoyais ma prière à je ne sais qui, avec l'espoir qu'une entité supérieure l'attrape et puisse y réagir, même sur un malentendu.

Les rapports avec mon père n'existaient plus et ma mère était retournée depuis quinze jours en hôpital psychiatrique. Les séjours ne dépassaient jamais trois semaines à un mois. Ils avaient le mérite de permettre des pauses, peut-être plus aux proches qu'aux malades. Néanmoins, je m'interrogeais de plus en plus, à quoi servait-il d'être encadré trente jours maximum puis lâché dans la nature sans la moindre amélioration ? Pour autant, quels miracles pouvaient-ils accomplir auprès de personnes ne souhaitant pas être sauvées ?

— Si tu avais été là, petit frère, les choses auraient été bien différentes. Mais ce n'est pas le cas. Et je dois affronter cette foutue réalité seule, murmurai-je.

Le temps n'était pas aux larmes. Je ramassai quelques cailloux plats à proximité du lieu où je m'étais installée avec l'envie de jouer mon destin aux ricochets. En toute honnêteté, je n'avais jamais réussi à obtenir un score supérieur à deux. Cela ne m'empêchait pas de me lancer systématiquement des défis stupides comme ici « *Si j'en fais trois, je continue de me battre pour deux, si moins, j'abandonne.* ». Je jetai le projectile puis comptai, un, deux, trois.

Improbable !

Je fermai les yeux, inspirai à fond et me laissai imprégner de l'ambiance paisible. M'aurait-on entendue ? Une brise passagère se leva, suffisamment pour faire voleter mes cheveux autour de mon visage, puis retomba, comme si de rien n'était. Un sourire se dessina sur mes lèvres. En ouvrant les paupières, le soleil m'éclaira davantage, les montagnes proches paraissaient plus hautes, plus belles, les couleurs s'étaient intensifiées. Je sentis une étrange sensation, tel un voile de douceur se poser sur mon âme.

— OK, j'ai compris. Je vais réessayer. Je ferai de mon mieux avec ce que j'ai, mais je n'abandonnerai pas le combat.

Cette pause fut bénéfique. Le chemin du retour se gorgea d'optimisme. On y arriverait, en tout cas, je mettrai toute mon énergie pour. Ce soir, j'appellerai son médecin et demain j'irai voir ma mère afin que nous parlions sérieusement d'elle et de notre futur, pour le moment inexistant.

18

Tel est psy qui croyait prendre

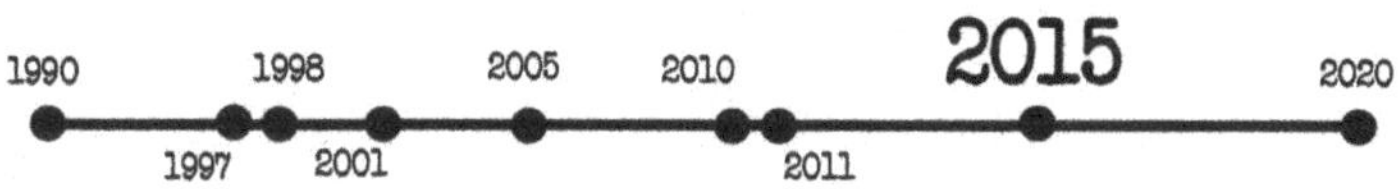

Le psychiatre de la clinique était à l'opposé du professeur Bremond. Pour l'avoir déjà vu quelques fois les précédentes années, ici, pas de gentilles citations ni de sourire de connivence, non. On avait le droit, en dépit de son jeune âge, à un faciès fermé, des traits tirés et un pessimisme à toute épreuve. C'était à se demander si c'était son métier qui l'avait fait devenir comme cela ou s'il l'était auparavant. Pas de dessins aux murs non plus, mais plutôt des tableaux hors de prix dont l'esthétisme pouvait se discuter. Enfin… En matière d'art, les goûts et les couleurs.

— Donc le dossier Brigitte Laugnac, une minute s'il vous plaît.

J'avais appelé la veille au soir pour solliciter un rendez-vous de quelques minutes avant d'aller rendre visite à ma mère. La chance m'avait souri puisqu'il restait un créneau de disponible. C'était comme lorsque vous souhaitez aller faire vos courses au drive au dernier moment, il y avait peu de possibilités que cela fonctionne, mais quand c'était le cas, vous mesuriez votre aubaine. Ce point d'étape offrait l'occasion d'effectuer un bilan intermédiaire et peut-être de comprendre un peu mieux ma mère. Je voulais partir sur de nouvelles bases, ne pas nous avouer vaincues.

— C'est bon, je l'ai, m'annonça-t-il.

— Super, lançai-je peut-être trop enthousiaste.

— Alors… C'est son huitième séjour parmi nous…

— Oui, d'ailleurs, vous prévoyez une carte de fidélité à partir de combien ? osai-je pour détendre l'atmosphère. Grave erreur.

Il se décala légèrement sur le côté pour me toiser, remonta ses lunettes et démarra sa tirade en me sermonnant comme une adolescente.

— Mademoiselle, on ne peut pas rire de tout. D'autant plus dans le cas de votre mère qui est… heu… une patiente en souffrance chronique aiguë.

Je détestais ce ton dédaigneux, celui que les personnes employaient pour vous montrer qu'elles s'imaginaient bien au-dessus de vous et vous, bien en dessous. Malgré toutes mes bonnes intentions, il n'était pas question que je me laisse intimider par Docteur Maboul.

— Et vous voulez quoi ? Que je me pende ?

— Pardon ?

— Vous désirez m'empêcher de rire, mais vous pensez que je rigole au quotidien avec ma mère ? C'est vous qui êtes lié à elle, non ? Alors, ne venez pas me dire que je ne peux pas plaisanter à son sujet. À moins que vous ne souhaitiez me compter aussi dans vos « clientes » sous peu.

— « Patientes ».

— Vous m'avez comprise.

Il devina qu'en ajouter ne servirait pas à grand-chose et se replongea sur son écran.

— Concernant le traitement… hum, laissez-moi regarder un instant. Voilà, c'est bien ce que je pensais. Nous sommes au maximum de ce que nous pouvons lui administrer.

— Et donc ?

— He bien… Nous ne pouvons pas faire grand-chose de plus, mademoiselle.

Je frottai mes mains l'une contre l'autre puis les portai à mon visage comme pour le nettoyer de la saleté qu'il venait de m'asperger.

— Attendez, vous m'annoncez quoi là ? Que vous ne pouvez rien faire de nouveau ?

— En l'état des choses, en effet, niveau médication, nous ne pouvons pas faire mieux.

— Donc en fait, vous êtes autant à la rue que moi…

— Je ne pense pas que l'on puisse voir cela de cette manière.

Le pauvre docteur était piqué dans son ego. Avec moi, il était loin d'être considéré comme tous ces médecins parfaits de séries en veux-tu en voilà.

— Eh ben, pourtant, ça en a tout l'air. Donc en gros, c'est quoi le résumé, vous baissez les bras ? Vous donnez un traitement, vous laissez repartir et vous attendez quelques mois que la patiente revienne… pour ne rien faire d'autre ? Et puis en plus, ça remplit les chambres…

— Vous réalisez un sacré raccourci.

— J'essaie de traduire votre « nous ne pouvons pas faire mieux ».

— En médecine psychiatrique traditionnelle, c'est ça, nous avons fait le tour de la question.

Je me levai de ma chaise et poursuivis notre échange en faisant les cent pas.

— Mais on fait quoi nous ? Clairement, vous enterrez tout espoir d'amélioration ? Je ne sais pas moi ! Il y a forcément d'autres approches possibles, complémentaires pour nous aider à sortir de ce foutu tunnel ! Vous ne proposez pas des thérapies par le rire ? Le truc où tous les gens se marrent comme des niais et vont mieux derrière ? Ou de l'acupuncture ? Il paraît qu'il y a des points spéciaux pour atténuer les dépressions ? Ou de l'hypnose ? Vous ne faites pas ça, des séances d'hypnose pour leur faire imaginer que tout va bien dans leur vie… de merde…

Je m'effondrai devant lui, vaincue par ce qui me sautait en pleine face. Hier, j'y avais cru si fort lorsque j'étais perdue dans ma montagne. L'espoir m'avait caressée, subtilement, tel un battement d'aile de papillon, mais avec certitude absolue. Et là, la porte que j'avais entrouverte venait de me claquer au visage, sans sommation. C'était trop. Avais-je été trop naïve ?

— Mademoiselle Laugnac… Je comprends votre désarroi.

Son ton avait changé. Il s'approcha et me tendit la main pour m'aider à me relever. Mes sanglots se poursuivaient sans répit. Il attrapa un mouchoir en papier parfumé à la lavande d'une boite posée sur son bureau et me l'offrit. J'eus l'impression de m'essuyer avec du papier toilette.

— À vrai dire, il y a peut-être une dernière piste à explorer…

Mes yeux s'écarquillèrent. Avais-je bien entendu ?

« Au Pays des sourds, les borgnes sont rois… »

— Mais, il faut être assez… ouvert.

— Ouvert ? reniflai-je.

— Oui, en fait… Il faut croire…

— Croire ? En quoi ?

— Ne m'en demandez pas trop.

— Mais c'est vous qui n'en dites pas assez !

Il retourna derrière son bureau, ouvrit un tiroir et fouilla quelques instants.

— Ah, la voilà !

Il me tendit une carte de visite.

— Il paraît que cette personne peut opérer des miracles. Sincèrement, je suis trop cartésien pour cela, mais si j'étais vous, je tenterais.

Je déchiffrai la carte à haute voix.

— Carole Vasseur, énergéticienne chamanique ?

Son visage s'éclaira timidement. Ce n'était définitivement plus la même personne. Où était passé le docteur impassible et sans espoir encore présent il y a quelques minutes ?

— Charles de Gaulle disait « *La fin de l'espoir est le commencement de la mort* ».

Merde… Professeur Bremond, sortez de ce corps !

* *
*

Brigitte posa son stylo sur la petite table qui faisait office de bureau puis se recula à fond dans le dossier de son siège. Elle observait le paisible jardin extérieur à travers la fenêtre. Il émanait de lui une sérénité qu'elle ne pourrait jamais trouver. Elle soupira longuement. Ça y était. Pendant quelques heures durant lesquelles les médicaments de la clinique ne l'abrutissaient pas, elle avait enfin eu le courage de poser ses mots sur le papier. Des mots adressés à sa fille, Clémence. Des mots probablement durs et maladroits, mais remplis d'amour, de souffrance et d'honnêteté.

Elle voulait s'y atteler depuis longtemps, lui expliquer les raisons profondes de ce mal-être insurmontable, sans jamais y parvenir. Elle y était enfin arrivée, non sans mal. Le courrier était là, prêt. Un sentiment de légèreté l'envahit. Cette lettre lui procurait une force supplémentaire pour décider de son départ définitif de ce monde. Elle la mettrait de côté en attendant le bon moment et prendrait le temps de rentrer chez elle après cette nouvelle convalescence inutile. Ensuite, il suffisait de trouver l'ultime volonté. Elle était prête, elle voulait se délivrer d'elle-même et délivrer sa fille par la même occasion.

L'aide-soignante était passée quelques minutes plus tôt pour lui procurer ses calmants. De fait, ses paupières s'alourdirent rapidement. Elle se leva au prix de quelques efforts pour s'allonger et sombra en un instant dans un sommeil chimique, mais néanmoins nécessaire pour l'empêcher de penser.

19

Tu portes un soleil en toi…

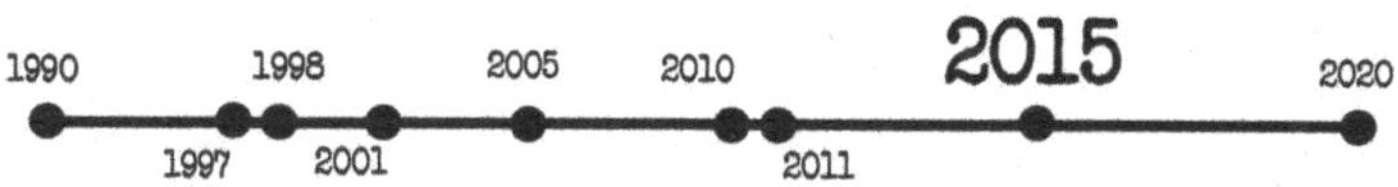

— Maman ?

Je poussai la porte de sa chambre, entrai et la refermai derrière moi. Un léger grincement accompagna mon geste, néanmoins, ma mère assoupie, probablement grâce — ou à cause — de ses médicaments ne réalisa aucun mouvement. Je m'approchai à pas de loup et m'assis sur la chaise positionnée à proximité immédiate de sa tête de lit en acier. Elle avait l'air paisible. Le sommeil éternel serait-il identique à cette vision que l'instant présent m'offrait ?

J'inspirai profondément, j'avais le temps d'attendre son réveil. Combien de fois étais-je venue ici ? De trop nombreuses, je ne les comptais plus. La chambre n'était pas désagréable, mais elle manquait cruellement de chaleur humaine. Aucune couleur, quatre murs blancs, des meubles blancs, des draps blancs. Avec leurs traitements de chevaux, certains pouvaient halluciner et se croire déjà arrivés au Paradis. Il ne manquait plus que Saint-Pierre à l'accueil. Bref, aucun signe de joie extérieur pour accompagner leur chemin empli de tristesse et s'élever vers un peu plus de bonheur. Cela paraissait pourtant simple de commencer par là. Je vous mettrais un coup de peinture teintée partout, du mobilier Pepsi, pareil pour les literies.

Enfin, entre dire et faire…

Mes yeux stoppèrent leur course sur une note manuscrite disposée sur sa table à roulettes. Celle qui servait probablement à la fois de bureau mobile, et pour déjeuner et dîner lorsqu'elle ne voulait pas se joindre au groupe dans le réfectoire. De loin, je reconnus son écriture. Elle écrivait ? Cette pensée me fit sourire. À qui donc ? Ma curiosité enfantine me fit rire intérieurement et si, au début, je m'étais dit que c'était peut-être d'ordre privé, il me fallut à peine trois secondes pour oublier mes faux principes et aller la récupérer en un pas. Je démarrai le sourire aux lèvres, les premières lignes me glacèrent le sang et je dus me rasseoir pour poursuivre. Il s'agissait d'une lettre à mon attention, étrangement datée à la semaine suivante, ce qui correspondait à sa sortie d'entre ces quatre murs. Un courrier m'annonçant sa fuite… définitive. Elle avait préparé ses adieux…

Mon Dieu…

Ma chérie,

Voilà, je suis rentrée chez moi et j'ai le courage de partir, enfin, et de te rendre la liberté. Celle dont je t'ai privée pendant vingt-cinq ans. Ma Clémence, ma fille, mon amour. J'aurais tant voulu que les choses soient différentes. J'aurais tant voulu me sentir plus forte… Arriver à garder ton père près de toi, de nous. Mais je n'ai pas réussi.

Je veux à présent te libérer du poids que tu portes sur tes épaules depuis trop longtemps ma chérie. Rien n'est de ta faute, tu lis bien, RIEN. Ne te sens pas coupable de mon incapacité à vivre normalement. Ne te sens pas responsable de ma volonté à être en dehors de ce monde.

Je ne suis moi-même pas capable d'expliquer la souffrance qui m'habite et dont je n'ai pu me défaire. Le jour de votre naissance aurait dû être le plus beau. C'est celui par lequel tout s'est arrêté. Je ne suis pas parvenue à surmonter la perte de ton frère. Je n'ai pas réussi à me satisfaire de t'avoir toi, en bonne santé. J'avais la sensation de posséder un demi-enfant et à chaque fois que je posais mon regard sur toi, j'imaginais les traits qui auraient pu dessiner le visage d'Elliot.

Pendant longtemps, j'ai cru le voir, à tes côtés… Et puis son image s'évaporait… J'ai construit mon propre malheur en décidant d'arrêter de vivre, sans penser à toi ni à ton père (pour d'autres raisons d'adultes), à ceux qui étaient là, au présent. Si tu savais à quel point je me suis sentie coupable de son départ. En tant que maman, j'aurais dû deviner que quelque chose n'allait pas.

Ma chérie, je me souviens tes nombreux sourires auxquels je n'arrivais pas à répondre. Tu ne le sais peut-être pas, mais malgré les ténèbres qui m'enveloppaient sans cesse, tu étais mon rayon de soleil dans une nuit sans étoiles. Je me trouvais seulement dans l'incapacité de te le montrer au quotidien. J'en suis sincèrement désolée.

Depuis toute petite, tu fais plus que nécessaire, et tu as toujours fait plus qu'une enfant de ton âge. Je t'ai obligée à grandir plus vite, différemment, et je m'en excuse… Je t'ai contrainte à affronter l'angoisse de la mort, la tristesse, la folie. Je me rends compte que mon attitude a été plus qu'égoïste. Qu'aucun enfant ne devrait subir cela, mais je ne détiens pas le pouvoir de changer le passé et de toute manière, je n'en aurais pas la force…

Ma chérie, je ne guérirai pas. Je le sais. Ma douleur est trop profonde et trop ancrée. Je n'existe plus en tant qu'humaine depuis tant d'années. Je n'existe plus qu'à *travers cette agonie et je suis fatiguée et usée d'avoir mal et de te faire souffrir.*

Je fais partie des personnes faibles Clémence, c'est comme ça. Et tu fais partie des personnes fortes, tu me l'as prouvé à maintes reprises. Alors tu vas continuer, ma chérie. Non, même mieux que ça. Tu vas commencer à vivre pour toi, enfin. Je ne veux plus être ton fardeau. Je préfère devenir un souvenir, car un souvenir c'est plus doux et plus léger à porter... Un souvenir, c'est comme un nuage... Un souvenir, c'est la présence sereine dans l'absence... Laisse-moi juste une place dans ta mémoire pour me garder un peu près de toi.

La meilleure chose que je puisse t'offrir en tant que maman est ta liberté. Je dois te libérer de moi.

Rassure-toi, je n'ai pas peur. Bien au contraire. Le moment est venu pour moi d'avoir le courage de fermer le rideau une bonne fois pour toutes. Je suis même soulagée de savoir que je vais enfin y arriver. J'aurais dû le faire plus tôt, mais ça aussi, je n'ai pas eu le cran.

La seule chose que j'ai réussie dans ce monde, c'est toi mon amour. Et je n'ai pas su prendre soin de ce trésor que la vie m'a offert. Je t'ai laissée te débrouiller et te construire tes propres armes, seule, avec un père absent. Je m'en veux terriblement, mais encore une fois, je ne détiens pas le pouvoir de changer le cours des évènements... Juste de te répéter que tu n'y es pour rien.

Tu as vingt-cinq ans Clémence... et ta vie commence ici. Garde ton sourire et ton soleil intérieur. Parfois, je me dis qu'Elliot vit tout de même à travers toi... Peut-être est-ce lui qui t'a donné cette force, comme un passage de relais... ? Deux personnes en une.

Je veillerai sur toi, mon cœur, bien mieux là-haut que sur Terre... J'en suis convaincue. Respire ma chérie, respire, tout ira bien... Tu verras, tout ira mieux et sera plus simple.

Ne verse pas de larmes inutiles. Pour une fois, je maîtrise mon destin. Je fais un choix, celui d'abandonner. Et en renonçant, je te libère et je me soulage d'une existence qui n'a plus de sens pour moi... Et je reprends espoir... Oui, l'espoir de trouver autre chose, après, qui m'attend.

Je t'embrasse, et te souhaite une belle vie, longue, sereine et remplie d'éclats de rire.

Je te fais confiance, entièrement. Ta maman qui t'aime et qui te demande pardon...

Je terminai ma lecture en larmes, anéantie par sa douleur qui, pour l'occasion, devenait la mienne. Ces trois pages résumaient vingt-cinq ans de combat. Je comprenais mieux ma mère en cinq minutes que je ne l'avais jamais fait auparavant. J'avais envie de me jeter sur elle, de pleurer dans ses bras et de lui dire que tout irait bien, que je ne la laisserais pas dériver davantage. Elle se retourna calmement sur son lit, toujours dans un sommeil chimique profond et serein. Je me retins de la réveiller et profitai de ces instants pour reprendre consistance.

Un éclair me traversa l'esprit. Rien n'était dû au hasard. Ma balade hier en forêt, cette sensation étrange de pouvoir y arriver. Le besoin de venir la voir ce jour, la discussion avec Docteur Maboul et son dernier conseil et enfin la découverte de cette lettre, évitant un geste irrémédiable. Tout était écrit. Tout devenait évident. Si j'étais restée au chaud chez moi hier, je ne me trouverais pas ici maintenant.

Quelqu'un me guidait à distance, j'en étais convaincue, en tout cas, j'avais envie d'y croire.

Je sortis de ma poche la carte de visite de « Carole » et la tournai plusieurs fois entre mes doigts. Mes sanglots se calmèrent quasi instantanément et je me promis de la contacter d'ici quelques heures.

20

Tu dois persévérer, Clém

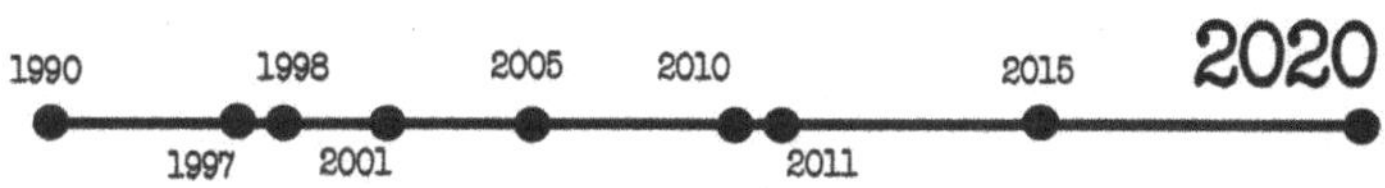

Je rentrai chez moi éreintée, après une première journée de vide sidéral intellectuel. Le bilan de ces huit dernières heures me paraissait assez déstabilisant. Point positif, j'avais situé mon bureau, il jouxtait celui du directeur des ressources humaines. Pour l'aspect moins joyeux, j'avais rencontré quelques personnes clés, dont un dragon enragé, et même si j'y avais cru un moment par euphorie, je ne voyais absolument plus comment mener à bien ma mission. Je venais de plonger sans brassards dans une pateaugeoire obscure et dont je ne connaissais rien, sauf trois pauvres informations trouvées grâce à Internet. Et avec cela, j'étais censée les aider à « innover » et à modifier leur perception du travail en fonction des genres et de l'évolution de la société ? Mais quelle idée avais-je eu de répondre à cette offre de manière positive ? Je prenais pleinement conscience de mes limites même si je savais dès le début que ça sentait mauvais. Demain, je demanderai un rendez-vous anticipé à monsieur Moreau pour lui annoncer que je n'étais pas la personne adéquate pour ce job.

Clémence... normalement, tu n'abandonnes pas, me souffla ma petite voix.

Après tout, c'était son projet, il pouvait très bien le mettre en œuvre par lui-même ou embaucher une personne avec les compétences requises. Il devait garder à l'esprit qu'à la base, j'avais postulé pour m'occuper des réseaux sociaux, pas pour reformater son modèle d'entreprise ni pour régler les déboires sentimentaux de son assistante.

Après avoir posé mon sac, ôté mes chaussures et m'être lavé les mains, j'allumai une bougie parfumée au jasmin disposée sur ma table basse et m'affalai sur mon canapé en microfibre rouge vif. Ce dernier m'enveloppa instantanément dans sa mollesse indescriptible si vous n'aviez pas déjà tenté l'expérience par vous-même. C'était à chaque fois un calvaire de se relever, mais lorsque l'on s'y enfonçait, c'était un réel bonheur, l'impression d'évoluer sur un Chamallow géant, et ça, après une journée compliquée, rien de tel qu'un petit plaisir post-emmerdes.

J'étais bien installée dans le présent, en ayant positionné mon cerveau sur off quelques instants lorsque mon smartphone jugea bon de se rappeler à mon souvenir. Juste au moment où j'avais décidé de ne plus bouger pour les dix prochaines années... Je pouvais ne pas décrocher. Oui, je le pouvais, mais le voulais-je ? Réponse. Non. Je me tortillai pour m'extraire de ce doux lieu de perdition, m'assis sur le rebord et tendis la main pour m'emparer de l'instrument de torture. Le nom affiché ne m'étonna guère.

— Oui j'ai tenu deux heures et même plus, j'ai fait la journée entière, ça t'en bouche un coin, hein ?

Je l'entendis mâcher de l'autre côté du combiné. Qu'est-ce qu'elle pouvait encore bien grignoter ?

— Bravo, tu me rends fière de toi ma caille, et tu n'as tué personne ?

— Je garde ça pour demain. Et sinon, tu es obligée de manger pendant que tu me téléphones ?

— Haha. J'ai découvert les chips de radis, c'est mortel. Tu goûteras la prochaine fois.

— Heu, non merci sans façon.

— Qu'est-ce que tu es fermée !

Je n'avais pas spécialement envie de m'étendre sur l'aspect culinaire de la discussion. Nous étions décidément trop différentes sur ce sujet.

— Sans rire, demain, c'est moi qui arrête, soufflai-je.

— Tu déconnes !?

— Non, franchement, je ne sais pas ce qu'il attend, Adèle. Ce n'est pas pour moi ce type de boulot, tu avais raison.

— Mais enfin Clémence, je n'ai jamais raison, c'est une règle !

La friponne réussit à me faire naître un sourire en coin. Ce n'était pas pour rien que le statut de meilleure amie existait. Là dans tous les moments, les bons, les moins bons, ceux où m'encourager était nécessaire et ceux où me décourager était un principe de précaution. Je m'installai plus confortablement, à demi allongée, pour reprendre notre échange en mode cocooning.

— Ne te moque pas de moi. En tout cas, là, il me paraît évident que je n'ai rien à faire chez eux. Déjà, je suis tombée sur un Philippe qui dès le début, m'a annoncé que les femmes n'y connaissaient rien en voiture. Merci l'entrée en matière… Après, le patron me lance qu'il compte sur moi pour devenir une entreprise hyper moderne avec l'ambition d'échanger les boulots entre employés.

— Échanger les boulots ?

— Ouais, tiens-toi bien, il veut effacer le « genre » de certains métiers.

En l'exprimant, la tâche qui m'incombait me paraissait d'autant plus lourde. Non pas que je ne sois pas habituée à gérer des situations extrêmes, mais là, le niveau apparaissait bien haut.

— Explique ? m'interrogea-t-elle en continuant de mâcher ses fausses chips à base de bonne conscience végétale.

— En gros, il veut que les mecs qui bossent à la technique puissent venir travailler dans les bureaux si ça leur prend comme une envie de pisser, et inversement, que les secrétaires puissent aller pousser du flacon si le cœur leur en dit. Tu imagines ?

— À vrai dire, pas trop non.

— Voilà, donc, tu comprends.

— Ben non, je ne comprends pas, justement, puisque je ne vois pas.

— Ne joue pas sur les mots, bourrique. Tu crois que j'en ai la capacité ? He bien je te l'annonce de suite, non, je ne l'ai pas. Et puis, il y a Josy…

— Josy ?

— Oui, Josiane. La secrétaire, enfin, l'assistante du patron est apparemment amoureuse de lui.

— Oh, mais c'est mignon ça…

Adèle en mode bisounours, Candy et toute la clique, Seigneur, je détestais ça. Qu'elle s'étouffe avec sa chips rouge et on n'en parlerait plus.

— Ah, non, je t'assure c'est tout sauf mignon.

— Bah, si elle l'aime, c'est chou, minauda-t-elle.

— Mais elle est barjot, Adèle ! À peine a-t-il tourné le dos qu'elle m'a attaquée comme une tigresse en m'indiquant que c'était « son monsieur Moreau » et qu'elle en avait vaincu bien d'autres avant moi.

— Oh ben merde alors ! ironisa-t-elle.

— Comme si je pouvais avoir l'idée de me taper mon patron au bout d'une heure dans la boite !

— Surtout toi, se moqua-t-elle gentiment.

— Carrément… J'ai dû lui faire croire que j'aimais les femmes pour qu'elle se calme.

— Tu as quoi ?

Elle pouffa tellement fort que son smartphone devait avoir été éclaboussé de miettes collantes bien dégueulasses… Pour le coup, le concept me plaisait bien, ça lui apprendrait à se gausser. Je songeais à des cornes de diablesse me poussant sur le crâne.

— J'ai raconté des craques, comme quoi les hommes ne m'intéressaient pas… Si tu avais vu sa tête !

— Tu m'étonneras toujours…

— Sur le moment, j'avoue que j'étais prise au dépourvu.

— Mais de là à t'inventer une orientation sexuelle…

— Bah de toute manière, il s'agit d'un demi-mensonge puisque je n'aime personne.

— Tu n'autorises personne à rentrer dans ta vie, c'est différent poulette. Lesbienne, mouarf. Tu m'auras tout fait !

Là, c'était un autre sujet qui nous aurait pris des mois de discussions.

— Et pour te dire qu'elle est limitée… Elle avait peur de l'attraper !

— D'attraper quoi ?

— Ma maladie d'homosexualité !

— Oh purée, ça existe encore ça ?

— Je te jure que oui. Et puis il y a Marie, une apprentie toute mignonne.

— Ah ben voilà enfin une bonne nouvelle.

Un bruit étrange venant de son côté me chatouilla les oreilles.

— Tu essuies ton portable ?

— Heu… non, pourquoi dis-tu ça ?

— Bien fait, ça t'apprendra à te foutre de moi !

— Sale gosse… Bon alors cette Marie ?

— Ah oui, Marie, un petit ange, mais elle est effrayée par Josiane, si tu voyais ! On a même pu en rire entre nous.

Je changeai de position pour m'allonger à nouveau complètement et poursuivre la discussion en détaillant le plafond.

— Tu dois persévérer Clém.

— …

— Allo, tu m'entends ? me demanda-t-elle.

— Heu… je oui… mais je pense que ta dernière phrase sonnait faux. Tu peux la refaire ?

— Laquelle ? Quand j'ai dit « Tu dois persévérer Clém ».

— Ouais, tout juste celle-là, elle ne va pas du tout. Essaie encore.

— Pourtant si, c'est bien ce que j'ai dit « Tu dois persévérer Clém ».

— He non, je te garantis, il y a une erreur.

— Si si, vraiment, elle est juste. C'est quoi que tu ne saisis pas ? C'est le mot « persévérer » ou ton prénom ?

Ce que je ne saisissais pas ? Ce que je ne saisissais pas, elle me le demandait sérieusement ? Persister dans une situation où le désastre était assuré ? Ah non, merci, très peu pour moi. J'entendais à nouveau le discours du Professeur Bremond entre la peur de l'échec et l'abandon, la différence entre les personnes fortes et les faibles. Gnagnagna. Eh bien de temps à autre, il fallait rester humble et s'avouer que l'on pourrait essayer des dizaines de fois, cela ne marcherait pas, bon sang ! Et c'était le cas ici.

— Je peux aussi tourner ma phrase autrement et te dire que « tu dois te retrousser les coudes ».

« Me retrousser les coudes ? ». Quelle voleuse de citation en bois ! Pour une fois dans ma petite vie, j'avais envie d'accepter ma faiblesse. Est-ce que l'on pouvait m'octroyer ce droit une bonne fois pour toutes ? Bordel !

21

Répétition

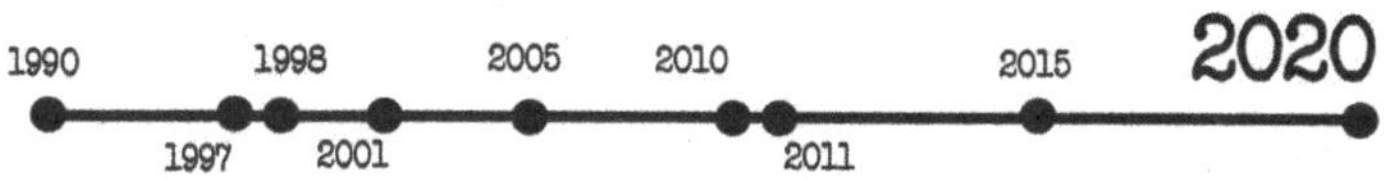

Le lendemain, je me levai avec une migraine bonne à assommer un cheval, ou une jument, si on devait rendre concrète l'égalité femme/homme, on pouvait commencer dans les expressions quotidiennes. Tiens d'ailleurs, ça donnait quoi pour d'autres ? « *Avoir le cul bordé de nouilles/spaghettis ; enculer les mouches/moustiques ; ne pas être sorti de l'auberge/de l'hôtel ; pisser dans un violon/une guitare ; poser un lapin/une lapine…* » STOP !

Je somatisais ma rencontre avec Moustache et cherchais, depuis le milieu de la nuit, comment aborder le sujet sans le décevoir ni passer pour une minable abandonnant au premier écueil. Mes pas se traînaient, mes pieds oubliaient de se lever plus que nécessaire pour assurer le seul job que je leur demandais de réaliser. Mes paupières restaient collées, mon ventre gargouillait plus que de raison et, en passant ma main dans mes cheveux, ces derniers me paraissaient incoiffables. En fait, mon corps entier s'était ligué contre moi.

J'allumai la radio avec le son réglé au minimum pour accompagner mon expresso, une vieille habitude, migraine ou pas. Daniel Balavoine me narguait et chantait à tue-tête « *Je n'suis pas un héros, je n'suis pas un héros, un hérooooooos* »…

— He ben moi non plus, mais au moins je suis en vie !

Le bouton off fut rapidement pressé et me replongea dans un silence salutaire. Mes pieds tentèrent entre eux un croche-patte que j'évitai de justesse pour être enfin accueillie dans la salle de bain par une ampoule stroboscopique augurant une ambiance proche d'une piste de dance disco. Évidemment, je n'en avais pas en stock pour la changer. Exactement ce qu'il me fallait vu mes maux de tête.

— Bon sang, ça va être une bonne journée, soufflai-je dépitée en frottant mes paumes sur mon visage. L'occasion pour moi de découvrir des cernes qui en disaient long sur la qualité de ma nuit.

J'ouvris l'armoire à pharmacie et avalai deux comprimés. Ces derniers auraient le temps de faire l'effet avec mes trente minutes de route entre Antibes et Grasse… si ma voiture tenait le choc ! Vu comment la journée avait commencé, tout pouvait encore arriver.

Une fois installée dans ma citadine, je pivotai la clé avec appréhension. Le moteur s'enclencha au quart de tour. Je ne sus si je m'en trouvais heureuse ou pas… Finalement, s'il n'avait pas démarré, j'aurais pu rester chez moi et écrire un mail explicatif pour annoncer mon départ anticipé. Non, je méritais mieux que ça, et monsieur Moreau aussi. Je pouvais assumer mon choix en direct, sans honte ni regret.

— J'arrive, moustache ! scandai-je seule, dans ma voiture.

Le trajet m'emmenant à mon lieu de travail était des plus agréables. Très urbain au début, il plongeait rapidement sur une double voie bordée de forêts sur plusieurs kilomètres, la lisière de Sophia-Antipolis, technopole reconnue internationalement. Ici, le cadre ressemblait à celui de la Silicon Valley, en beaucoup plus petit, certes, comme nous le rappelleraient certains, mais l'idée était là. Les entreprises étaient implantées dans la verdure et suffisamment loin les unes des autres pour ne pas se gêner. J'avais entendu dire qu'il n'était pas rare de croiser des familles de sangliers en rentrant le soir, ou des renards qui se faufilaient dans les bosquets. En restant honnête, Grasse était beaucoup moins glamour, mais la route pour s'y rendre n'était pas dénuée de charme et j'en prenais conscience pour la troisième fois depuis mon premier entretien de la semaine dernière. Penser à cela me fit sourire, le premier de la journée. Il était temps.

Ma tête paraissait moins lourde et commençait à aller mieux. Je pus ainsi réfléchir à différentes hypothèses pour annoncer la nouvelle à mon patron :

— Merci encore pour votre optimisme, monsieur Moreau, mais je ne suis pas à la hauteur de la mission qui m'incombe et de la confiance que vous avez bien voulu placer en moi.

Heu… non seulement c'est hyper protocolaire de type balai dans le postérieur, mais je me descends toute seule en bonne incapable… Nan, autre chose.

— Monsieur Moreau, j'ai pris conscience hier de la tâche pour laquelle vous m'avez embauchée et en toute honnêteté, je ne crois pas que vous soyez novateur, mais plutôt un idéaliste utopiste couplé avec un gros démago.

Bof… c'est limite agressif et en plus, je transfère mon doute sur lui… Non, impossible, erreur stratégique.

— Monsieur Moreau, je pense que Josiane et moi faisons face à une relation intenable.

Mais qu'est-ce que tu racontes Clem, on s'en fout de ta relation avec la mégère, il ne te demande pas de devenir pote, mais de bosser avec…

— Monsieur Moreau, je comprends votre objectif, mais j'ai du mal à imaginer comment le mettre en œuvre. Par exemple, Josiane refusera de changer, ne serait-ce que de bureau, folle amoureuse qu'elle est de vous…

Non, Clémence, tu n'abordes pas ce sujet ! Josy a beau être tout sauf sympa, laisse-lui son honneur et sa dignité…

— Mon bureau est très mal orienté…

Genre tu t'y connais en Feng shui... n'importe quoi, c'est de pis en pis.

— Le mobilier est trop différent du vôtre...

Mais pour qui tu te prends ?

— Je ne prétends pas être psychologue, mais il m'a semblé que certains employés avaient besoin de parler...

Dont toi... pauvre fille...

— Philippe m'a fait une blague sur les femmes et les voitures.

Clémence... arrête, tu t'enfonces...

Je tapai brusquement mes mains sur le volant et me mis à parler plus fort que de raison.

— Bon sang, mais j'ai peur ! Je flippe ma race d'échouer ! Je viens de trouver un boulot digne et intéressant et je m'en sens incapable ! C'est trop complexe. Vous m'avez ouvert une opportunité de malade et j'angoisse à mort de me louper parce que je ne sais pas comment m'y prendre !

Ouais, bon enfin... Il faudra reformuler quand même... le fond, ça passe, mais la forme...

J'aperçus le parking de l'entreprise et enclenchai mon clignotant droit pour tourner à gauche.

22

Carole, celle qui rigole… quand elle bricole !

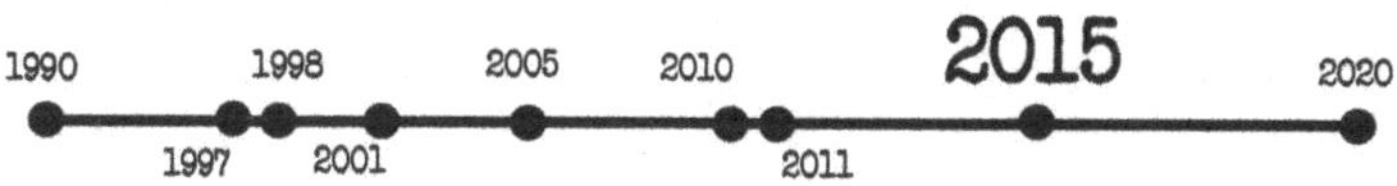

J'avais attendu plus d'une heure, sur l'unique chaise de la chambre, que ma mère se réveille. Puis, sans un mot, j'avais déchiré sa lettre devant elle et l'avait serrée vigoureusement dans mes bras. J'ai gardé mes larmes et avalé ma tristesse. Le professeur Bremond ne serait pas content s'il me voyait. Pour lui, la retenue émotionnelle équivalait à un fardeau et accepter sa fragilité, parfois, c'était d'une certaine manière apprendre à se connaître et à se renforcer pour la suite. Néanmoins, je ne voulais pas mettre ma mère face à ce qu'elle ne pouvait plus réaliser elle-même. Les médicaments lui ôtaient ses sentiments. Elle était devenue incapable d'exprimer joie ou tristesse. Elle était apathique, tout le temps, impassible même lorsqu'elle avait envie de disparaître et même lorsque sa fille l'avait compris et lui avait indiqué qu'elle allait s'en sortir, qu'il y avait peut-être une solution. Son regard était perdu dans le vide. Je l'imaginais avec l'idée de sa propre mort s'éloignant, sa délivrance espérée qui reculait encore d'un pas, par ma faute. Elle me promit pourtant qu'elle essaierait, pour moi, pour que je n'aie aucun regret.

C'est tout ce que je demandais. Une dernière chance, j'avais envie de croire que le soleil pouvait vraiment briller pour elle, et pour moi.

En sortant, je composai le numéro inscrit sur la carte de visite, Carole Vasseur.

* *
*

Lorsque je franchis, deux jours plus tard, la porte au rez-de-chaussée du cabinet situé dans un immeuble récent sur les hauteurs d'Antibes, mes narines perçurent immédiatement le parfum intense de l'encens. Autre sensation instantanée, celle de se faire envelopper dans une bulle de sérénité.

La salle d'attente était basique, j'escomptais quelque chose de plus chargé niveau décoration. Une porte s'ouvrit et Carole Vasseur, la quarantaine joyeuse, m'accueillit avec un grand sourire. La première chose qui me frappa en entrant dans la pièce fut le tableau accroché au mur. Je ne savais s'il représentait une vierge ou un ange… Mais sa beauté simple me subjugua instantanément. Il irradiait de cette toile une bienveillance et une sagesse absolue.

Sur son bureau, on découvrait de nombreuses pierres auxquelles je ne connaissais rien des hypothétiques vertus qui leur étaient attribuées. Elle m'observa quelques secondes avec amusement. En guise d'introduction, elle remarqua que certaines de mes énergies étaient bien nouées, mais que j'étais accompagnée.

— Heu, non. Je suis venue seule cette fois-ci, ma mère viendra la prochaine fois.

Ses yeux rieurs pétillaient de bonté.

— Ce n'est pas ce que je voulais dire, précisa-t-elle. Vous êtes « escortée » répéta-t-elle en réalisant un signe de tête me montrant ma gauche.

Automatiquement, mon visage oscilla de ce côté pour l'examiner et découvrir… rien. Du vide.

— J'ai peur de ne pas bien comprendre.

Son sourire s'agrandit davantage. Elle attrapa une de ses pierres, précieuses ou non, je n'en avais aucune idée, et la passa d'une main à l'autre.

— Ce n'est pas grave, je vais tout vous expliquer. Au début, je vais beaucoup parler. C'est notre séance de découverte, nous allons apprendre à connaître qui nous sommes respectivement. Elle peut durer plus ou moins longtemps selon ce qu'« ils » auront à me dire et ce que vous laisserez lire de vous.

Mes yeux s'écarquillèrent et jouèrent plusieurs fois de gauche à droite sans bouger ma tête. Je me trouvais dans un endroit qui a priori, me promettait plein de surprises et où, sur le moment, je me demandais si la meilleure des solutions n'était pas de partir en courant très vite le plus loin possible.

— « Ils » se sont des entités. Des Esprits, des anges, peu importe.

Oh putain…

— Rassurez-vous, que vous soyez croyante ou non ne changera rien à la qualité de la séance. Ce qui compte, ce sont mes convictions. Une session comme celle-ci ressemble à un temps religieux, mais attention, le « sentiment religieux » est indépendant. C'est une question de foi non affiliée à aucun prêche.

Je déglutis avec la sensation de me situer dans une autre galaxie. Est-ce que l'ultime chance pour la santé mentale de ma mère me faisait vraiment face ? Sous les traits de Carole, joyeuse rousse baba cool remplie de bijoux ésotériques. Le doute et la peur m'assaillirent. Je me donnais l'impression d'être arrivée au plus bas. Elle profita de mon silence pour reprendre.

— Mon corps ne se résume, sur cette Terre, qu'à ressembler à une espèce d'objet connecté. Attention, rien à voir avec le wifi crut-elle bon de préciser sur le ton de l'humour. C'est grâce à mon cœur que je rentre en contact et reçois l'énergie nécessaire pour soigner les personnes qui en ont besoin. Mes mains se révèlent aussi très précieuses, car elles vont jouer le rôle de détecteurs de niveaux d'énergie. Elles vont repérer les négatives pour les faire sortir. Vous verrez cela plus précisément tout à l'heure.

Ou pas…

Je vérifiai un instant si je respirais toujours. *A priori*, oui, sinon, je ne pourrais pas me poser la question. Mes yeux clignèrent à de nombreuses reprises et je sentis mes mains devenir moites. La sérénité du début en entrant dans cette pièce s'était transformée en angoisse sourde. J'avais constamment eu peur de ce que je ne connaissais pas.

— Ce n'est pas moi qui vais vous soigner directement. Vous aurez cette impression, car vous me voyez, moi. Mais ceux qui vous nourrissent, ce sont les esprits. Sachez qu'ils vous aiment et que leur souhait est de vous apporter la lumière par mon intermédiaire.

Docteur Maboul, vous ne payez rien pour attendre…

— Vous ne craignez rien. Je ne suis pas médecin et je ne me prends pas pour tel. Je ne me prétends qu'une aide complémentaire aux remèdes traditionnels. Une bricoleuse si vous préférez ! Depuis toute petite, je me sens différente, trop réceptive. Cette empathie exacerbée me faisait souffrir. Avec le temps, j'ai compris par de nombreux signes que je possédais un don de guérison dont j'ignore encore l'origine. Je me suis longtemps demandé « Pourquoi moi ? ». Et puis, en fin de compte, la réponse n'a que peu d'intérêt, ajouta-t-elle humblement.

— Vous… vous sentez mon inquiétude ?

— À plein nez ! Mais vous n'êtes pas la première, ça peut étonner pour les non-initiés.

Étonner, était-ce le mot que j'aurais employé pour décrire mon ressenti ? Elle ne me laissa pas le temps de réfléchir et poursuivit :

— Pour finir l'explication afin de vous aider à y voir plus clair sur mon rôle, ne levez pas les yeux au ciel de la sorte, me lança-t-elle moqueuse, l'énergéticienne que je suis est en quelque sorte magnétiseuse. Je peux — toujours grâce aux âmes qui valident et agissent — soit soulager une douleur palpable, soit débloquer les énergies qui circulent en nous, bonnes ou mauvaises. Pour m'épauler, « ils » vont m'envoyer des mots qui vont évoquer des choses en vous. Il faudra me répondre rapidement ce qui vous viendra à l'esprit.

Est-ce que j'ai le choix… ?

— OK, répliquai-je fébrile et peu sûre d'avoir saisi le mode opératoire.

Assise sur sa chaise, elle leva les yeux au ciel et effectua ce qui ressemblait à une incantation à voix basse. C'était incompréhensible et assez flippant.

— Enfance, lança-t-elle, me prenant au dépourvu.

— Heu… heu…

— Allez, un mot.

— Triste !?

Il était sorti tout seul.

— Père.

— …

— Allez.

— Absent. Menteur.

Les deux termes s'étaient affichés devant moi, sans réfléchir.

— Bien bien… Les mots qu'ils vous envoient par mon intermédiaire représentent des signaux pour vous aider à lâcher prise par la suite. Hum… Ténèbres !

— Soleil ! répondis-je.

— OK… On continue. « Ils » m'annoncent… Frère.

— … Mort.

— Poursuivez, Clémence, c'est bien pour un début. Ils vous soutiennent pour nommer vos blocages, c'est parfait et très clair pour eux.

La peur était partie. L'étonnement avait pris place. Comment ces mots pouvaient-ils être si précis ? Étaient-ils généralistes au point de pouvoir faire « bingo » auprès de tout le monde ?

— Mère, prononça-t-elle.

— Mi-vivante-Mi-morte.

Mais c'était quoi cette réponse pourrie que je venais de faire ?

— Ils me redisent le mot « mère »

— Heu… Je dois faire quoi ?

— Vous devez compléter avec un autre mot.

— Heu… peur.

Elle fit pivoter sa tête de chaque côté, puis la tourna en arc de cercle deux fois, comme si elle se chauffait avant un entrainement sportif.

— Nous allons pouvoir passer aux choses sérieuses Clémence. Allez vous installer sur la table.

Est-ce que j'ai le choix ? Seigneur, si vous ou qui que ce soit existez quelque part, ayez pitié de moi.

23

Ça brûle… un peu, beaucoup…

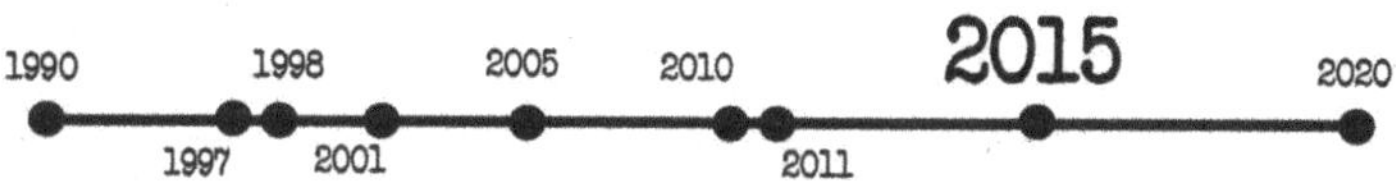

Me voici allongée sur la table de consultation, sans mes chaussures, les yeux faussement fermés afin d'observer, l'air de rien, le fameux rituel. Avec ses « outils », bols tibétains, encens, gongs, pierres et j'en passais, Carole allait débuter la séance. Elle m'avait prévenue que cette dernière serait bruyante, notamment composée de grosses expirations de sa part lorsqu'elle enlèverait une partie de mon négatif.

Elle démarra positionnée à mes pieds, ses mains sur mes chevilles et prononça des paroles incompréhensibles d'une langue inconnue dans mon dictionnaire intérieur. Quelque chose me suggéra qu'elle était en pleine prière ou invocation. Je déglutis et tentai de m'apaiser. Elle se glissa vers moi et s'approcha de mon visage.

— Détendez-vous, Clémence. Voilà, c'est ça. Respirez profondément et laissez-vous aller. Des mots ou des phrases vont recommencer à sortir, à ce moment-là, accueillez vos pensées telles qu'elles vous viennent, n'hésitez pas à parler, me poser des questions ou m'indiquer vos sensations, m'encouragea-t-elle.

Avec mes yeux mi-clos — ma confiance n'était pas acquise et je n'aimais pas l'obscurité totale — je la vis effectuer de nombreux mouvements au-dessus de ma tête pouvant paraître assez farfelus pour le commun des mortels, et donc, pour moi aussi. Au début, mon ressenti fut assez nul, puis rapidement, une chaleur diffuse m'enveloppa. Comme si elle s'était véritablement connectée avec mes énergies.

On dirait qu'il se passe effectivement un truc Clem…

— La mort est vraiment source d'angoisse chez vous.

Oui bah, va me trouver quelqu'un pour qui ça ne l'est pas…

— Vous avez grandi avec… Humm. Je veux dire… toute petite… Attendez… « Ils » me précisent… Il s'est passé quelque chose pendant la grossesse de votre maman ?

Je n'avais pas vu la claque arriver. Une baffe digne des meilleures, celle qui vous sidère et vous empêche de respirer quelques instants.

— Libérez votre parole et répondez. Est-ce que cela fait écho en vous ou pas du tout ? Ce sont « eux » qui me traduisent ce qu'ils constatent à travers vous.

J'ouvris les yeux et sentis mon corps chaud trembler. Carole vint poser sa main sur une des miennes, apaisante.

— Shhhhh. Rassurez-vous, les ressentis éprouvés sont normaux. C'est la preuve de l'excellence de la connexion.

Je pris une grande inspiration avant de lui répondre.

— OK… Je ne risque vraiment rien… ?

— Pourquoi voulez-vous encourir quelque chose ?

— Je… Je ne sais pas, c'est assez impressionnant… Et…

— Et vous ne maîtrisez pas, alors vous avez peur de ce que vous ne connaissez pas, se moqua-t-elle avec douceur.

— Probablement, murmurai-je.

— Et si vous répondiez à ma question ?

Je sentais que mon lâcher-prise se rapprochait. Mon corps semblait engourdi, toujours chaud. J'observai le tableau, celui qui m'avait fait un effet bénéfique en entrant dans cette pièce jusqu'à ce que je me décide à réagir.

— J'avais… un frère… Nous étions deux, hoquetai-je.

— Ah, des jumeaux ! Je comprends mieux… vous êtes arrivée seule à terme, c'est ça ?

En parler avait toujours était douloureux, car j'avais vite réalisé que ce sujet était celui qui rendait ma mère différente de toutes les autres mamans. On en avait fait un tabou.

— Oui… Il… Il s'est éteint peu avant l'accouchement d'après ce qu'on m'a dit.

— Ce n'est absolument pas votre faute, répliqua-t-elle en touchant mon ventre. Son âme n'était tout simplement pas faite pour cette vie, alors, il est parti. Elle souffla fort.

— Comment… ?

— Je ne le sais pas moi-même, m'affirma-t-elle le sourire aux lèvres. Je vous donne les réponses qui viennent d'en haut. N'oubliez pas, mon corps équivaut à un transmetteur. Ce n'est pas moi qui vous scanne et vous soigne, ce sont eux, par mon intermédiaire.

— C'est… magique… soupirai-je.

— On peut le voir comme cela, allez, poursuivons.

J'inspirai longuement et pris d'autant plus conscience de l'odeur de l'encens envahissant la pièce. Tout ici, était source d'apaisement et de méditation. Finalement, ce moment représentait un privilège, une parenthèse avec moi-même que je devais accepter comme un rendez-vous pour avancer, seule, et avec ma mère par la suite.

— Je vois de la culpabilité à présent… Et pas qu'un peu… elle souffla. Tout n'est pas de votre faute Clémence. Le monde n'est pas tordu parce que vous n'avez pas su le redresser. Il est tordu parce que c'est comme ça, il faut apprendre à danser avec, à tourner autour… elle souffla à nouveau. Parlez-moi de cette culpabilité, que vous évoque-t-elle ?

Mon ventre chauffait de plus en plus. Je me demandais si je faisais une poussée de fièvre subite, ou si elle avait appuyé sur un quelconque bouton permettant de chauffer la table. Je serais bientôt cuite à point si mon thermostat interne poursuivait sa montée.

— Je… Je me sens responsable de la disparition de mon frère…

— Ça, nous l'avons déjà évoqué.

— Oui… Mais apparemment, s'il est parti, c'est parce que sur la fin, j'absorbais la totalité de ce que ma mère nous fournissait.

— Tatata. Vous ne m'avez pas écoutée donc. Elle m'appuya fort sur le poignet droit. Cela n'a rien à voir avec vous. Il s'agit de la manière dont votre frère a choisi de se retirer. Il a décidé lui-même d'arrêter de s'alimenter pour pouvoir passer à autre chose… Je répète, toutes les mauvaises choses ne sont pas de votre fait. Vous ne détenez pas un aussi grand pouvoir Clémence.

Mes larmes déferlaient silencieusement depuis quelques secondes. Étrangement, je ne me sentais pas mal, bien au contraire. Je dessinais l'image d'ailes dans ma tête, symbole de légèreté… Et toujours cette chaleur.

— Et pour ma mère ? hoquetai-je. Ce n'est pas de ma faute non plus ?

L'énergéticienne se positionna cette fois au-dessus de ma tête et prit ma nuque entre ses mains.

— La réponse ne change pas. Ce n'est pas de votre faute. Sortez de cette culpabilité qui vous coupe les ailes une bonne fois pour toutes. Vous portez un fardeau dont vous n'êtes absolument pas responsable depuis trop longtemps. Chacun est garant de ses propres choix, et uniquement de ceux-là.

On poursuivit la séance presque une heure supplémentaire. Elle y aborda de multiples sujets, dont mon père avec ses mensonges et ma déception envers lui, mes relations intimes inexistantes, mais il y eut également d'innombrables silences. Pendant ce laps de temps, cette parenthèse de liberté… la chaleur avait ondulé sur tout mon corps. La sensation était bien meilleure que celle d'un simple spa avec sauna et hammam. Je devinais que mon moi profond avait travaillé et plutôt bien. Comme s'il avait ouvert ses propres yeux. Comme s'il était sorti des ténèbres pour accepter de se rapprocher du soleil.

En revenant chez moi, j'étais épuisée. Carole m'avait prévenue, mon corps et mon mental lâchaient enfin prise. Le lendemain, lorsque je commençai à me sentir malade, j'eus pour consigne de boire beaucoup d'eau afin d'éliminer les toxines résiduelles.

Ma culpabilité s'enfuyait par un simple pipi… Quelle histoire de dingue !

Je ne fis que dormir pendant deux jours… Ma tête était prisonnière d'un étau, mon ventre grondait, et je voulais pleurer chaque seconde où je me réveillais. Mais curieusement, malgré tout cela, je me sentais mieux. Comme si j'avais fait la paix avec moi-même. Cet épuisement physique correspondait à ma renaissance.

La prochaine séance serait pour ma mère. Autant vous dire que mes croyances se trouvaient au top niveau. Une pensée se projeta vers Docteur Maboul

Merci…

* *
*

La semaine suivante, Brigitte sortit de sa séance au bout de trois heures, épuisée. Trois longues heures où cette Carole, avec ses gestes fous et ses sons d'un autre monde, lui avait fait ressortir énormément de non-dit, de ceux qui vous gangrénaient de l'intérieur. Au début, elle avait songé à s'enfuir, mais rapidement, son esprit avait changé de point de vue, sa place était ici.

Le rendez-vous avait également été éprouvant pour l'énergéticienne. Cette dernière avait, à de nombreuses reprises, éclaté en sanglots devant la souffrance ressentie par sa cliente. Brigitte, réfractaire à ce type de médecine parallèle, était venue principalement pour faire plaisir à Clémence. Elle restait à présent sans voix de son expérience. Son fardeau, bien que toujours présent, semblait tout de même plus supportable. La tristesse était encore là, dans son cœur, mais l'envie d'en finir avait disparu.

D'après ce qu'elle avait compris, la « magicienne » récupérait les mauvaises énergies de ses visiteuses avant de les évacuer elle ne savait plus comment. Tous ces détails lui avaient échappé. Dans tous les cas, elle gardait à l'esprit un élément essentiel, il apparaissait que son chemin n'était pas encore arrivé au bout bien au contraire. Il fallait tenir bon, sans être pressé, et le meilleur arriverait dans quelque temps. Oui, le poids constant sur ses épaules depuis tant d'années devenait plus léger.

24

Self-control

À peine garée, on toqua à la vitre de ma voiture. C'était Philippe, tout sourire. Autant dire que vu la journée qui s'annonçait, ce premier visage gai était bon à prendre, en dépit de nos premiers échanges quelque peu incompris. Je descendis la vitre, non sans mal, et le saluai.

— Ça va aujourd'hui ? Pas de problèmes mécaniques ?

— Ça va, Philippe, merci.

— OK, sinon je suis toujours là pour aider une p'tite dame en galère, ajouta-t-il en touchant sa casquette.

Sur le moment, je n'eus pas envie de me formaliser pour si peu. Cependant, une réaction me titillait.

— Entendu, et vous, si vous avez un souci de couture, faite-le moi savoir, OK ?

— Oh ben ça, c'est gentil, répondit-il sincèrement. Justement…

— Philippe, je blaguais.

Son visage exprimait l'impénétrabilité de ma raillerie.

— Ah bon ?

— Je ne sais pas coudre.

— Vous ne savez pas… Alors pourquoi vous me proposez ?

C'était un bon bougre, j'en étais persuadée au fond de moi. Aussi, je ne devais pas m'irriter contre lui, bien au contraire. Mais je souhaitais faire appréhender gentiment les choses.

— C'était simplement pour faire le parallèle Philippe. Ce n'est pas parce que je suis une femme que je maîtrise absolument la couture. Comme ce n'est pas parce que je suis une femme que je ne peux pas me débrouiller pour ma voiture.

— Ah.

— Vous saisissez ?

— Bah, pas trop pour dire vrai.

En effet, sa mine confuse suffisait à traduire son incompréhension.

— Ce n'est pas grave, Philippe, on en reparlera… peut-être plus tard. Je dois aller voir monsieur Moreau, en urgence.

— OK, OK… Et votre vitre, c'est bon, ou vous avez besoin…

— Oui, regardez, elle est parfaite ! Et même si elle ne l'était pas, je me débrouillerais Philippe, mais merci à vous.

— D'accord, d'accord. À plus tard alors. Bonne journée.

Autant son côté homme sauveur de femme me fatiguait, autant je ne pouvais m'empêcher de ressentir un élan de sympathie envers lui. On lui avait appris à réfléchir comme cela, depuis tout petit. C'était sa règle, son squelette intellectuel. Comment penser autrement de ce qu'on a systématiquement donné à manger à votre cerveau ? Comment verriez-vous du bleu si on vous avait toujours indiqué que c'était du rouge ? L'équation semblait assez simple. Question de bon sens. Il suffisait peut-être de rééduquer les gens, de leur apprendre à réfléchir différemment ?

J'arrivais devant le secrétariat de Josiane, qui bien sûr, était déjà présente, le nez collé sur son écran. Une tasse de thé brûlant ornait son bureau. Ses effluves étaient agréables, un mélange d'épices et de fruits rouges.

— Bonjour, Josiane.

— Hummm. Bonjour.

— Monsieur Moreau est là ?

Le nom magique avait fait effet. Elle daigna relever sa tête et me fixer de ses yeux de vipères.

— Pour quoi faire ?

— Ce n'était pas ma question Josiane, répondis-je déjà lassée par son comportement.

— C'est la mienne.

— Écoutez… On ne va jamais s'en sortir si vous n'y mettez pas du vôtre.

Elle prit sa tasse et touilla son breuvage doucement, sans me lâcher du regard.

— J'ai tout mon temps.

Clémence, reste polie, je t'en conjure. C'est une pauvre femme, sûrement triste, tu dois être compatissante…

— Vous pouvez m'expliquer ?

— Quoi donc ?

— Pourquoi êtes-vous à ce point chiante ?

Bravo le self-control… C'est quoi que tu n'avais pas compris dans « tu dois être compatissante » Clem ?

Elle faillit renverser la tasse de stupeur et se rééquilibra de justesse. Cette fois, ses yeux ne se contentaient pas de me regarder de travers, non, ils me lançaient des flèches empoisonnées que je devais esquiver, comme dans un jeu vidéo dans lequel le héros devait sauter partout pour espérer s'en sortir sain et sauf. Mais ici, je ne pouvais pas bondir.

— Comment oses-tu ?

— Josiane, répliquai-je désappointée, je veux juste voir monsieur Moreau, c'est important.

— Je t'ai demandé pourquoi.

— Et je n'ai pas à vous répondre. C'est professionnel, point.

— Tout ce qui concerne monsieur Moreau me…

— Faux ! C'est ce que vous aimeriez, mais ce n'est pas le cas ! Notre patron peut recevoir des rendez-vous sans que vous en connaissiez l'objet. Ne mélangez pas vie intime et vie professionnelle Josiane ! Une personne intelligente sait faire la différence et je ne doute pas de votre capacité à y arriver, même si pour le moment, nos échanges ne semblent pas en votre faveur.

La porte du bureau du chef s'ouvrit à cet instant. Allait-il saisir le malaise ou passer complètement à côté ? Son faciès était joyeux, à l'image de ses moustaches rigolotes un brin ringardes auxquelles je commençais à m'habituer.

— Bonjour, Clémence, tout va bien ?

— Justement monsieur Moreau, j'aurais souhaité vous voir ce matin, pour évoquer certains sujets.

— Déjà ?

Il m'observa curieux et amusé. Il tourna son poignet pour regarder l'heure et repositionna plusieurs fois sa montre en acier grise trop grande pour lui. Monsieur Moreau était rempli de paradoxes. C'était un homme puissant, à la tête d'une entreprise fleurissante. Ses comptes en banque devaient se situer dans l'hyper positif, et pourtant, aucun signe extérieur de prospérité. Pour autant, le bon goût n'était pas destiné qu'aux riches. Peut-être qu'un jour, je lui demanderais pourquoi.

— Bien, entrez, je dispose de quelques minutes devant moi. Josy, pouvez-vous me préparer le dossier « Coller » s'il vous plaît pour mon rendez-vous de 9 h. Merci.

— Oui, bien sûr monsieur. Il est déjà prêt, il n'attend que vous, minauda-t-elle.

Oawww cette faculté de passer de dragon cracheur de flamme à petite biche innocente… Si je pouvais, j'applaudirais la prestation.

— J'ai essayé de l'empêcher de vous déranger, osa-t-elle poursuivre.

— Oh, Clémence ne m'indisposera jamais.

Ce n'était pas sympa de ma part, j'en étais consciente, mais à l'intérieur de moi-même, la phrase sentence de notre patron me fit danser le moonwalk devant Josy.

25

Pile ou face ?

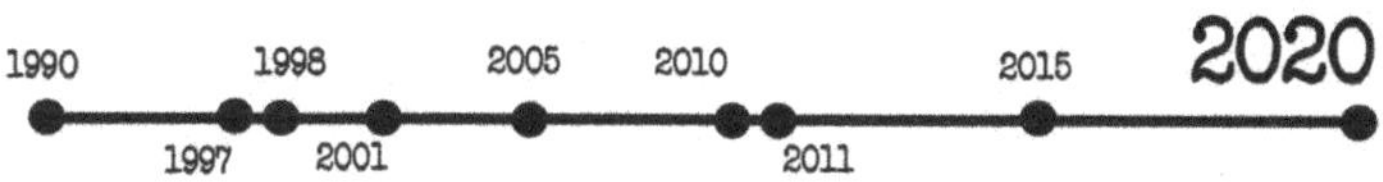

Me voilà, pour la 2ᵉ fois dans ce bureau hyper moderne, tellement contrasté avec son utilisateur d'une autre époque. Hier, je ne m'imaginais pas y revenir si tôt. Pourtant, par respect pour l'homme qui me faisait face et pour la confiance qu'il m'avait accordée, je me devais d'être honnête avec lui. La situation ne me plaisait guère, le constat d'échec étant quasi certain, mais je ne pouvais faire autrement.

Après avoir fermé la porte, il fit le tour de son office et s'installa confortablement dans son fauteuil, bras sur les accoudoirs et m'incita à faire de même, sur la chaise réservée aux invités.

— Merci de me recevoir, monsieur.

— Je vous en prie. Allons, ne tergiversons pas, qu'est-ce qui vous amène ma chère Clémence ?

Son ton amical eut pour effet de créer une boule sortie de nulle part venant se positionner au travers de ma gorge.

Il aurait pu être le père que tu n'as jamais vraiment eu…

Je respirai calmement pour canaliser le trop-plein d'émotions qui m'assaillait et repris, une fois fixée.

— Je pense que je ne suis pas faite pour ce poste, lâchai-je.

— Vous pensez ? répliqua-t-il un sourcil levé.

— Tout à fait.

Il modifia son assise pour se pencher légèrement en avant, et appuya ses deux avant-bras sur le bord de son bureau. Ses mains se touchèrent jusqu'à ce que ses doigts se croisent les uns sur les autres, les pouces jouant ensemble à se tapoter.

— Bien, bien. Je vois.

Il observait son tableau majestueux avec un air absent. Ces secondes me semblèrent une éternité. Mes jambes tremblaient malgré moi. Le temps paraissait forcément plus long lorsque l'on attendait quelque chose.

— Vous voulez donc nous quitter sans avoir commencé ?

J'emplis mes poumons avant de répondre d'une voix moins assurée que ce que j'espérais.

— Sincèrement, monsieur Moreau, j'ai peur de ne pas être à la hauteur de la mission. J'y ai bien réfléchi hier et mes notions sur ce sujet sont extrêmement minces.

— Sur quel sujet ?

— He bien, sur l'égalité femme/homme, répliquai-je déroutée par sa question.

Il s'empara d'une petite boule à neige avec la Tour Eiffel à l'intérieur et la remua plusieurs fois avant de la poser au centre de son bureau.

— Vous connaissez l'effet « boule de neige » Clémence ?

— Heu… là comme ça… Je préfère vous laisser répondre.

Il me transperça du regard. J'aurais juré que ses moustaches me pointaient du doigt — enfin, vous m'avez compris, car elles n'ont pas vraiment de doigts — comme l'on dénoncerait la mauvaise élève sans aucun scrupule.

— Vous n'aimez pas vous tromper, n'est-ce pas ?

— Non, c'est vrai, mais comme beaucoup de personnes, je présume.

— Je ne suis pas d'accord avec cela, il me semble que cette appréciation dépend en grande partie de notre éducation et de nos expériences.

Cela résonnait étrangement en moi... de la même manière dont j'avais perçu Philippe ce matin...

— Pour revenir à l'effet boule de neige, il toussota avant de reprendre. C'est un concept applicable absolument partout. Au début, nous ne discernons que quelques flocons, péniblement attrapables pour les transformer en boule. Le démarrage est la partie la plus difficile. Puis, ces flocons se multiplient et on peut ainsi commencer à former quelque chose de palpable. Mettez ce petit quelque chose en haut d'une montagne et laissez-le glisser. Avec l'élan, la boule va alors grossir, grossir. Il accompagnait son explication de gestes précis. Et tout devient de plus en plus simple, car l'impulsion vous aide et vous guide. Vous voyez où je veux en venir ?

Oui, je le voyais parfaitement, mais je ne souhaitais pas valider sa thèse aussi vite.

— Et comment faites-vous s'il n'y a pas le moindre flocon en vue ?

— Peut-être que vous n'avez pas envie de les apercevoir ?

— Monsieur Moreau, avec tout le respect que je vous dois, j'ai l'impression d'être chez un psy.

— Chef d'entreprise, c'est être capable de lire ses employés, de connaître leurs forces et leurs faiblesses, ceci dans l'objectif de tirer le meilleur parti d'eux-mêmes. La raison est simple : s'ils sont épanouis au travail, leur productivité sera supérieure.

Je m'interrogeai sur sa façon de gérer Josiane. Pour le coup, je n'étais pas convaincue de son argumentaire. Je tournai néanmoins ma langue sept fois dans ma bouche avant de reprendre la parole.

— Je comprends votre vision, qui est valable lorsque l'on a des compétences assurées pour des missions qui cadrent avec ces dernières. Monsieur Moreau, regardez-moi. Je n'y connais absolument rien et je ne sais pas par quoi commencer.

— Jeune fille, changez d'angle de vue un instant. Vous avez l'occasion de réaliser quelque chose de nouveau ! De ce fait, l'échec s'avère obligatoire au début. C'est en essayant différemment plusieurs fois que l'on apprend, que l'on s'améliore. L'échec n'est grave que si l'on abandonne. Il faut le prendre comme une opportunité de se perfectionner. Lors de votre entretien, vous m'avez montré cette facette de vous, une personne qui ne lâche rien et qui dit ce qu'elle pense, peu importe les conséquences. Ne reniez pas qui vous êtes par simple peur. Restez spontanée, cela vous réussit.

Son discours était empli de bon sens. Pour autant, je ne savais toujours pas par où prendre ma mission. Je le vis regarder sa montre et la remettre à nouveau en place.

— Vous êtes joueuse ? m'invectiva-t-il.

— Pardon ?

— Vous aimez jouer ?

— Heu… Cela dépend. À quoi ?

— Et si on jouait notre collaboration à pile ou face ?

Est-ce que j'avais bien entendu ? Mon patron me suggérait de jouer mon poste à pile ou face ? Il ouvrit un tiroir et attrapa une pièce de cinquante centimes.

— Pile, vous restez, face, je ne vous retiens pas. Qu'en dites-vous ?

— Vous plaisantez, monsieur ?

— Pas le moins du monde. Alors ?

Sa proposition m'interpellait. Miser mon avenir sur le hasard ? Laisser le sort décider à ma place. Assez tentant pour l'accuser par la suite si cela tournait mal. En même temps, n'était-ce pas une forme de lâcheté et de déresponsabilisation ? Pouvais-je jouer le fait de continuer à m'occuper de ma mère ou non à pile ou face ? L'évidence me sauta aux yeux.

— Alors... Non merci, sans façon. On se revoit pour un bilan dans quelques jours. Merci pour le temps accordé.

Je pris la direction de la porte et attrapai la poignée pour l'ouvrir.

— Vous avez effectué le bon choix Clémence. Et apprenez à croire en vous pour qui vous êtes, pas pour l'histoire que vous vous racontez. Bonne journée.

— Bonne journée, monsieur.

26

L'école des mauvais héros…

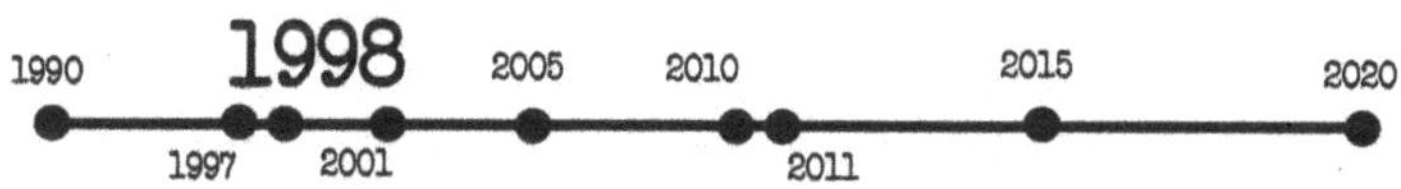

D'un côté j'aimais l'école, car on apprenait des trucs et je pouvais jouer avec mes copains et mes copines. Mais, parfois, ça me faisait une boule d'angoisse dans le ventre. Parce que de temps en temps, les amis, ils n'étaient pas tous très gentils et aussi parce que madame Fisher me criait dessus, régulièrement sans que je comprenne bien pourquoi. Je crois qu'au fond d'elle, elle ne m'appréciait pas beaucoup, mais qu'elle ne savait pas comment le dire.

Elle était là pour me faire découvrir des choses, en français ou en mathématiques, et à certains moments, ben ces choses, elles ne voulaient pas rentrer dans ma tête. Pourtant j'essayais, je fronçais fort les yeux et je me disais « *Clémence, tu écoutes bien la maîtresse* », mais en général mon esprit partait quelque part loin, où le soleil brillait et j'oubliais de l'écouter, alors elle n'était pas contente. Elle s'en fichait que je lui parle du soleil ou d'autres trucs, elle désirait juste que je connaisse ma leçon par cœur.

Un jour, les autres enfants s'étaient moqués de moi. Enfin, pas vraiment de moi, mais de ma maman. Ils avaient vu qu'elle m'avait emmenée à l'école en vilain pyjama. C'était peut-être vrai, parce que souvent, elle ne s'habillait pas. Comme elle restait à la maison à attendre que le temps passe pour venir me chercher en fin de journée, elle voulait rester « confortable ». Moi aussi j'aurais bien aimé vivre en robe de chambre toute la journée, mais à l'école ils refusaient, et maman m'avait dit non. Alors je m'habillais, comme tout le monde. Donc ce jour-là, les enfants, enfin surtout deux, se sont moqués très fort et ont réussi à monter un groupe plus grand contre moi. Ça, c'était ce que je détestais le plus à l'école. Quelques fois on jouait bien ensemble et la seconde d'après, on se retrouvait fâchés pour des bêtises. Ça me faisait mal à l'intérieur de ne pas comprendre pourquoi les humeurs changeaient tout le temps. Pourquoi ça ne pouvait pas être plus simple ? Pourquoi on ne pouvait pas tous s'aimer et tous les jours ? J'espérais de tout cœur que ça se transformerait en grandissant.

— La mère de Clémence, elle était pas habillée ce matin ! scandaient-ils en chantonnant.

En un rien de temps, je me retrouvai au centre d'un cercle, avec des yeux rieurs qui m'observaient. Personne ne viendrait m'aider, je le savais. J'avais déjà remarqué que j'étais la seule à réagir de la sorte quand ça arrivait à d'autres. Les autres enfants préféraient trop rester en groupe. Tant pis pour moi, j'avais l'habitude, et je savais que ça passerait.

— Peut-être même qu'elle se lave pas ta mère !

— C'est vrai je suis passée à côté, elle sentait mauvais.

— Peut-être même qu'elle a pas de papa, on le voit jamais !

Plusieurs rires fusèrent. La vie semblait cruelle. Heureusement, la sonnerie indiquant que c'était l'heure de retourner en classe retentit et l'attroupement qui m'enroulait disparut comme par magie. Enfin, pas au fond de mon âme. Une nouvelle cicatrice venait de s'y dessiner.

Une fois dans la salle, je soufflai et appréciai ce moment plus calme. J'étais enfin tranquille, personne ne bavardait ou ne rigolait sur ma mère. Je ne lui disais pas que mes amis se moquaient d'elle, ça lui ferait trop de peine. Déjà qu'elle était souvent triste. Ou peut-être qu'elle était malheureuse parce qu'elle le savait, mais ne m'en parlait pas ? Cette idée m'inquiéta plus que de raison. C'était dur de comprendre les enfants, mais c'était aussi difficile de deviner ce qu'il y avait dans la tête des adultes. J'avais conscience que ma mère n'était pas comme les autres mamans, mais je cherchais encore la solution pour l'aider à sourire davantage. Est-ce que j'y arriverais un jour ? Forcément, car s'il y avait un problème il y avait une solution.

— Clémence !

Je sursautai lorsque madame Fisher vint taper du poing sur mon bureau.

— J'attends ta réponse !

Ce n'était pas la première fois que je loupais ce qu'elle disait. J'avais apparemment « *un gros souci de concentration* ». Ma tête diminua sur mes épaules, j'aurais voulu me faire toute petite.

— Tu n'as pas écouté ? Encore une fois, c'est ça ?

— Pardon, maîtresse.

— Je m'en fiche de ton pardon ! Si tu ne suis pas, tu ne comprendras jamais rien, et tu resteras stupide, c'est ce que tu souhaites ?

— Non…

J'entendis des chuchotements moqueurs me concernant. Madame Fisher devait les saisir aussi, mais ne dit rien pour les taire. Je tentais de m'excuser, poliment, comme maman m'avait appris.

— C'est parce que…

— Je ne veux pas savoir Clémence. Tu me copieras ta leçon 3 fois pour demain.

Je retenais un sanglot. Hors de question de pleurer devant toute la classe. Pas aujourd'hui. J'étais forte. Ou plutôt, je devais l'être, comme à la maison. Si on montrait une seule faiblesse, on devenait fragile pour toujours aux yeux des autres.

— Maintenant que tu es revenue avec nous, lis l'interrogation au tableau et réponds.

Mes yeux humides s'orientèrent pour déchiffrer le problème. En réfléchissant quelques secondes, j'eus la solution, mais ma gorge était nouée, bien trop pour répliquer sans risquer de m'effondrer. Je restai donc muette sachant que cela ne m'aiderait pas pour la suite.

— Alors ?

J'essayais de créer une bulle autour de moi. Une forteresse qui me rendrait intouchable et inaccessible à la violence extérieure. Les murs se montaient, mais la vitesse n'était pas suffisante.

— Bon, les enfants, je crois que Clémence nous prouve encore une fois que tout le monde n'a pas les mêmes capacités. Arthur, vas-y, explique-nous, toi au moins tu disposes d'un cerveau bien fait.

La vie était dure, mais en plus, elle était injuste. Ou peut-être que j'étais vraiment bête comme le sous-entendait ma maîtresse.

Quand je serai plus grande, tout sera plus simple et ils pourront tous « aller se faire cuire au diable ».

27

Quand Adèle se révèle…

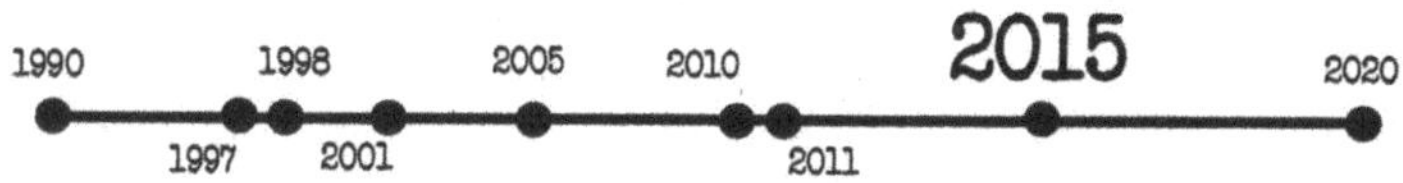

Adèle connaissait Clémence depuis de nombreuses années puisque leur rencontre s'était déroulée au milieu du collège. Elles n'étaient pas devenues proches immédiatement. L'une comme l'autre avait eu besoin d'observer, de tester, avant de se faire confiance et de s'engager entièrement dans une solide amitié. En revanche, une fois le ciment mis en place et bien sec, plus rien ne pouvait les séparer. À l'âge où les flirts et la séduction pouvaient créer des quiproquos, les deux amies restaient solidaires. Aucune tempête ne serait assez forte pour briser leurs liens.

Adèle était la seule à connaître les problèmes vécus avec ses parents. Clémence était très douée pour donner le change et ne rien laisser percer. Personne n'aurait pu soupçonner l'étrangeté et la dureté de son quotidien depuis tant d'années, car c'était souvent elle qui venait au secours des autres. Ce fut forte de l'affection qu'elle portait à son amie qu'elle décida d'aller rendre visite à Brigitte Laugnac. Clémence lui avait parlé avec enthousiasme de son rendez-vous avec l'énergéticienne. Elle savait que sa mère irait à son tour prochainement, aussi, en tant qu'amie, elle voulait essayer de discuter ouvertement de la situation avec Brigitte. Peut-être qu'une personne extérieure pourrait aider à obtenir un déclic, elle ne savait pas de quelle manière, mais elle désirait tenter. Elle l'avait ainsi contactée la veille par l'intermédiaire du standard du centre psychiatrique et lui avait proposé de se rendre à la clinique pour une entrevue de courtoisie le lendemain. Au bout du fil, Brigitte ne semblait ni étonnée, ni heureuse. Se souvenait-elle seulement d'Adèle ? Clémence lui avait expliqué maintes fois que les médicaments ôtaient toutes ses émotions primaires.

Arrivée à la clinique localisée dans un cadre privilégié d'anciens bâtiments situés au bout d'une impasse boisée, il fallait remplir un registre de visite afin de pouvoir se rendre aux chambres pendant les heures prévues affichées à l'entrée. Adèle se dit qu'elle allait devoir parler de cette visite inopinée à son amie avant que celle-ci ne l'apprenne par un autre biais.

L'agent d'accueil lui expliqua poliment comment se diriger jusqu'au numéro 203, situé au 2e étage, côté jardin. Adèle entreprit le chemin par les escaliers. Elle ne croisa pas une âme qui vive. Elle songea que les gens ici devaient se sentir bien seuls. Elle fit une grimace pour elle-même en s'indiquant que cette remarque était stupide. Les personnes internées se trouvaient être isolées tout le temps. Même chez elles, même entourées… Cela ne changeait rien. Leurs souffrances étaient telles qu'elles s'imposaient une solitude choisie et empêchaient quiconque de pouvoir se faufiler à l'intérieur de leur esprit.

Le numéro 203 apparut enfin. Elle approcha son oreille, pas un bruit. Rien d'étonnant à cela vu le lieu presque fantomatique. Elle ne savait pas trop par où elle allait commencer et il était trop tard pour y réfléchir, l'improvisation serait la règle. Elle inspira longuement et tapa trois coups avant d'ouvrir la porte.

Brigitte, assise dans un fauteuil orienté vers la fenêtre, observait le jardin d'une manière absente. Elle resta immobile et ne se soucia guère de qui était entré. Lorsqu'Adèle prononça ses premiers mots, Brigitte revint dans le monde des vivants.

— Bonjour, Brigitte.

Adèle s'approcha pour embrasser la convalescente, cette dernière se laissa faire, ornant son visage d'un sourire artificiel.

— La vue est très jolie.

Brigitte, sans bouger de sa chaise, acquiesça d'un lourd hochement de tête. Ses yeux clignaient eux aussi au ralenti. N'ayant pas encore entendu la voix de son hôte, Adèle se demanda si une discussion profonde serait possible dans son état. Elle vint s'installer à ses côtés en s'asseyant sur le rebord du lit. Une main se déposa sur celle de Brigitte.

— Vous vous souvenez de moi ?

Un sourire, cette fois affectueux se dessina sur ses traits. Elle pencha légèrement la tête de travers, ouvrit la bouche, la referma, puis l'ouvrit à nouveau.

— Je ne suis pas encore complètement démente, le sais-tu Adèle ?

Certes, son élocution était également ralentie, mais elle fut rassurée par la réponse.

— Je n'ai jamais pensé que vous l'étiez.

— À la bonne heure, s'exclama-t-elle. Elle bâilla puis reprit. C'est Clémence qui t'a demandé de venir me voir ?

Adèle hocha négativement la tête en se mordant les lèvres. Son malaise était palpable.

— Non… Elle ne sait rien de ma visite pour le moment.

— Elle ne t'a pas parlé de ma lettre ? prononça-t-elle l'air coupable.

La vérité lui sembla la meilleure option. Elle ne savait pas encore ce qu'elle espérait de cette entrevue, mais si elle demandait de l'honnêteté à la femme qui lui faisait face, elle devait, par respect, lui rendre la pareille.

— Si, justement… Et c'est pour cela que j'ai souhaité venir.

Brigitte détourna le regard. Ses lèvres portaient à présent un constat amer. Elle avait pourtant été une belle femme, mais sa tristesse continue avait marqué ses traits. Son visage impassible et son teint terne lui conféraient un air austère. Ses rides d'expression figeaient sa bouche vers le bas.

— Tu imagines, même ça, même une simple lettre, je me loupe et l'écris au mauvais moment… Elle n'était pas censée venir, et c'est tombé ce jour-là.

— Parfois, certaines choses ne sont pas dues au hasard…

Elle ne savait pas si ses mots sonneraient juste, mais elle voulait parler avec le cœur.

— Crois-tu au destin, Adèle ? Crois-tu que nos chemins soient déjà dessinés ?

— Sincèrement, je ne sais pas…

La jeune femme se leva et s'approcha de la fenêtre pour laisser la vue de la nature l'inspirer.

— De temps à autre, je me dis que oui. Qu'il y a quelque chose de plus grand qui nous dépasse et que nous ne maîtrisons rien… Et à d'autres moments, je pense que l'on dispose tout de même de quelques ficelles que l'on doit pouvoir tirer par nous-mêmes.

Adèle s'arrêta là pour jauger la réaction face à sa réponse.

— Penses-tu que perdre un enfant, ce soit le destin ? lança-t-elle

— Je ne sais pas Brigitte. Tout ce que je pense, sans vouloir vous heurter, c'est que c'était il y a vingt-cinq ans.

Un air mélancolique prit possession de son visage. Quelques émotions étaient encore à sa portée.

— Oui, pour toi… Pour vous… Je crois que mon échelle de temps n'est malheureusement pas la même.

Adèle revint s'asseoir sur le bord du lit de façon à pouvoir planter son regard dans celui de la mère de son amie.

— Brigitte, ce que vous avez vécu est… affreux. Personne ne dira jamais le contraire, et si c'est le cas, c'est que vous serez face à un ou des cons.

— Si tu savais petite, le nombre de fois où j'ai croisé ce genre de personne.

— Oubliez-les. Je n'ai pas la capacité de savoir ce que vous avez ressenti, mais je conçois que la disparition d'un enfant soit la pire chose au monde…

Brigitte ne bougeait pas. Son visage s'était légèrement baissé et des larmes perlaient dans le recoin de ses yeux. La jeune fille sentit une boule remonter dans sa gorge. Elle ne devait pas perdre ses moyens, pas maintenant.

— Si je suis venue, Brigitte, c'est parce que Clémence souffre de son impuissance à vous aider à aller mieux.

— Si je ne possède pas la clé, comment pourrait-elle l'avoir ?

— Nous sommes bien d'accord. Votre état ne dépend pas d'elle, mais de vous.

La patiente se referma aussitôt sur ces mots lancés.

— Je n'ai pas besoin d'un énième discours moralisateur…

— Non, non, excusez-moi, ce n'est absolument pas le cas. Je ne peux pas vous faire la morale alors que je n'ai aucune idée de ma réaction si je vivais le même drame que vous.

— C'est souvent le problème… Les gens oublient de se mettre à votre place. Ils sont un peu tristes, et rapidement ils ne se soucient plus de vous…

Son regard se perdit à nouveau vers l'extérieur.

— Tout simplement parce qu'on ne peut pas ressentir la même chose que vous Brigitte. On ne peut pas connaître l'intensité de douleur de celui ou celle qui a vécu la tragédie. Malgré tout, on ne peut pas s'arrêter de vivre, parce que c'est la vie qui peut décider de cesser à n'importe quel moment, pas nous. Alors, en attendant, on doit respirer et surmonter les épreuves qu'elle nous donne, jusqu'à ce qu'elle statue sur notre sort.

— Qu'attends-tu exactement de moi, jeune femme ?

— Que vous preniez conscience que vous avez une fille, qui vous aime, et à qui vous manquez depuis vingt-cinq ans…

Elle ferma les yeux et secoua la tête. Ses mains se joignirent et se serrèrent jusqu'à les rendre blanchâtres.

— Si c'était aussi simple.

— Allez à ce rendez-vous, celui qu'elle vous a pris.

— Encore un truc de charlatan…

— On ne sait pas Brigitte… La vie est faite de rencontres qui parfois, peuvent nous surprendre. Vous savez comment je vois la vie ?

Un sourire las envahissait le visage de la quinquagénaire. Aucun signe pour répondre à la question.

— Comme un kaléidoscope de couleurs. Pour le moment, vous avez adopté le noir à l'unanimité… Mais peut-être qu'un jour, vous choisirez d'introduire d'autres nuances dans votre existence. Peut-être que vous vous êtes simplement perdue dans un labyrinthe trop grand pour vous, comme celui d'Alice au Pays des merveilles… Et qu'il vous suffirait de trouver le bon guide pour dénicher la sortie. Laissez entrer les nouvelles couleurs en vous, Brigitte.

Brigitte relâcha ses mains et en porta une vers la joue d'Adèle.

— Je n'ai jamais eu l'âme d'une artiste… demande à mon ex-mari.

— Il n'est jamais trop tard pour peindre sa vie en mille nuances, toutes plus belles les unes que les autres. Il suffit de l'accepter et d'oser prendre un chemin distinct, plus difficile d'accès et que l'on ne voulait pas voir en premier ressort. Qui a dit que la voie du bonheur était facile ?

28

L'absence d'un père dans une vie, c'est comme une glace au chocolat sans chocolat

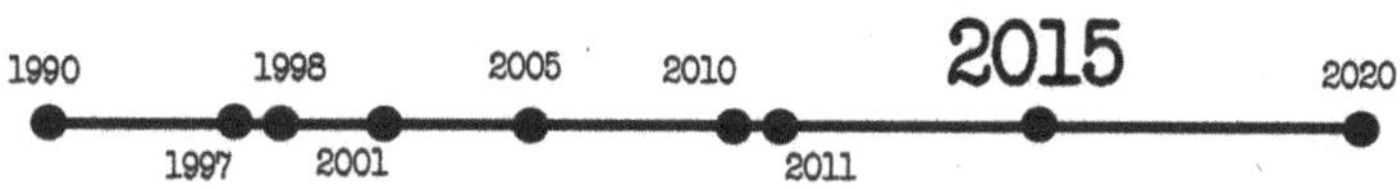

Dans le meilleur des mondes, j'aurais aimé des parents heureux et se chérissant toute leur vie, mais dans la réalité un couple sur deux divorçait et les miens en faisaient partie, même s'ils avaient attendu que je grandisse.

Dans le meilleur des mondes, j'aurais adoré avoir le courage de contacter mon père, l'air de rien, pour lui donner rendez-vous, simplement, dans un café au bord de mer. Un lieu neutre et agréable, propice à faciliter notre entrevue et tourner la page, ensemble. Dans les faits, je n'avais jamais osé.

Dans le meilleur des mondes, j'aurais voulu rattraper le temps perdu et lui ouvrir enfin ma porte close tant d'années, nous créer des souvenirs communs, des rires partagés, des instantanés de vie. Dans la réalité, mes réminiscences s'avéraient très limitées et pas forcément joyeuses, à base de mensonges et d'absence.

Dans le meilleur des mondes, j'aurais apprécié que ma vision des hommes soit différente et non pas raccrochée à la relation que mon paternel avait vécue avec ma mère. À savoir qu'ils me paraissaient tous lâches, affabulateurs et égoïstes.

Mais nous n'étions pas dans le meilleur des mondes, nous prenions place dans la vraie vie. Mon frère était mort à la naissance, ma mère déprimait gravement depuis et mon père n'avait su qu'être un courant d'air, un fantôme, là sans être là. De mon côté, j'avais été une fille détachée, jusqu'à ce qu'un jour de cette fin d'année 2015, le téléphone sonne pour m'apprendre sa disparition éternelle dans un banal accident.

Et c'est là que je pris le temps de m'asseoir pour avaler le choc en pleine face et que les regrets m'assaillirent, telle une lame de fond détruisant tout sur son passage. Les remords avaient la capacité de vous couper l'oxygène, de vous écraser les poumons en les compactant au maximum.

Mon père, mon géniteur s'en était allé… comme ça, en un claquement de doigts, sans un au revoir, me laissant dans une relation inachevée avec lui.

Qu'est-ce qui était le pire, le temps passé et perdu ou le temps dont nous ne disposerions plus ?

Combien de fois avais-je été désagréable, froide, colérique, méprisante, par rancœur ? Combien de fois l'avais-je jugé et critiqué ouvertement ? Des sentiments négatifs et absolument non constructifs, bien au contraire. Le professeur Bremond me l'avait répété à maintes occasions.

Enfant, adolescente et même jeune adulte, j'avais rêvé d'un père héroïque. Pas un super papa avec une cape, non, un papa simplement là pour nous protéger contre les méchants, pour nous prémunir des épreuves de la vie, pour nous dire que tout irait bien, éternellement. Les larmes montèrent, mais je réussis à les couper court en inspirant plusieurs fois le plus calmement possible.

L'image de nos parents constituait l'essence même de notre développement. Je savais au fond de moi, que je n'étais pas la plus à plaindre sur cette Terre, que certains assumaient des pères alcooliques, violents, incestueux. Le mien, son unique fausse note avait été de faire semblant de rester avec nous... alors qu'il avait tourné la page et rangé le livre de son histoire avec nous — enfin, surtout avec ma mère — très loin dans ses pensées.

Parfois, je me demandais s'il n'aurait pas préféré que je sois morte en même temps que mon frère... En tant qu'enfant, tout nous passait par la tête et nous hantait, le pire, comme le meilleur.

À présent, mes réactions me paraissaient futiles, idiotes. Le seul luxe que nous avions dans la vie était le temps. Quoi de plus important que le temps que nous accordions aux autres ? Et ce temps, je l'avais gâché, enfin, nous l'avions gâché, car notre responsabilité était partagée. Le jeu était terminé. Game over. Aucune vie supplémentaire ne pouvait être attribuée. Ma bouche se déforma dans un rictus nerveux.

Je m'allongeais sans force, sur mon canapé afin de digérer la nouvelle reçue par sa dernière compagne en sanglots. Mes yeux brûlaient, ma gorge grattait. Mon regard vide était fixé sur le mur couleur bleue canard me faisant face. Je remontai mon plaid le plus doux sur mon corps et mes larmes se libérèrent. Des larmes d'impuissance, d'amertume, de honte. Je ne pleurais pas l'homme qu'il avait été, car en toute sincérité, nous étions trop éloignés pour avoir un réel attachement affectif. En revanche, je regrettais la personne qu'il aurait pu être si je lui avais donné sa chance.

— Tu sais le plus dur, papa ? reniflai-je. C'est que je me sentais orpheline alors que tu étais en vie... Et maintenant, je me sens vide...

Cela me confirmait ce que j'avais perçu avec Carole quelques mois en arrière, je ne pouvais pas perdre davantage de temps avec ma mère.

Aucun sentiment de culpabilité ne pouvait résoudre le passé comme aucun sentiment d'anxiété ne pourra changer l'avenir. Je vivrai notre présent à fond.

29

Qui a dit qu'on baissait les bras ?

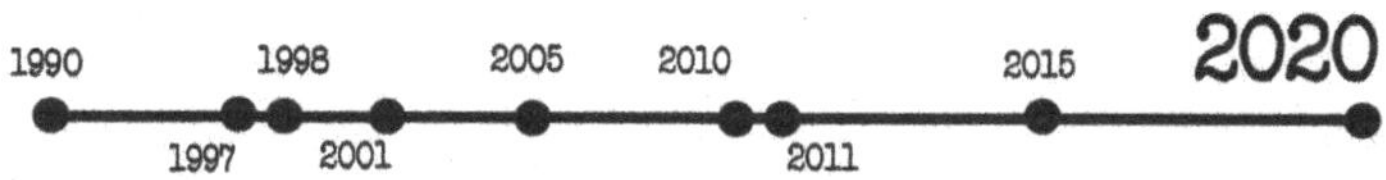

Au bout d'une semaine de travail théorique, je disposais d'une petite base plutôt solide sur le concept de la « diversité du genre » en entreprise. En fait, l'idée était d'aborder cela comme d'autres avaient approché les questions raciales, d'âge, mais aussi de handicap, tout était lié. Selon notre origine ethnique, notre date de naissance ou nos différences physiques et mentales, mais aussi notre sexe, certains métiers nous étaient de fait éloignés. En ce qui concernait les femmes, c'était d'autant plus flagrant et encore pire si elles cumulaient tous les critères. Autant dire que d'après le pays où se situait votre entreprise — par hasard, la France — si vous étiez une dame native d'une autre nation — par hasard le Kazakhstan — âgée de cinquante ans et plus, pour peu que vous ayez touché le gros lot et soyez également porteuse d'un handicap — par coïncidence, sourde. Vous m'avez compris, il restera peu de chances qu'un poste de manager haut placé vous soit offert. Autant aller à Lourdes directement. Oui de temps en temps, l'espoir ne faisait pas de mal.

Enfin, là n'était pas la question puisque mon travail ne concernait que le côté « mixité des carrières » et fort heureusement. J'avais imaginé le concept de « troc mon job » basé sur du volontariat et pour une journée pour démarrer. On retomberait dans la cour d'école et rejouerait comme des gosses en échangeant nos jobs comme nos chemises. L'idée me plaisait bien, restait à la mettre en pratique. D'autant plus qu'il y avait toutes les questions de sécurité à gérer selon les missions. Le troc s'effectuerait en binôme, un peu comme la notion d'avoir un parrain ou une marraine. Ce duo travaillerait ensemble deux fois une journée pour découvrir et tester le métier de son partenaire. J'avais dans l'idée d'intervertir Josiane et Philippe pour le fun, et monsieur Moreau avec Marie. Je devais leur annoncer en étant la plus convaincante possible pour qu'ils adhèrent au projet. À défaut de susciter des vocations, cela permettrait d'éprouver les missions de ses collègues et pourquoi pas de renforcer les liens et la culture d'entreprise.

* *
*

— Même pas en rêve !

— Mais enfin Josiane, ce n'est pas grand-chose…

— Cela ne m'intéresse pas ! Je n'ai pas besoin de savoir ce que fait Philippe dans son boulot.

Elle était toujours avec son énième thé fumant. Je constatais pour moi-même qu'elle ne devait avoir aucun problème de cystite vu tout ce qu'elle devait évacuer aux toilettes en journée. Pire que des pauses cigarette en temps de pause-pipi.

Je repris consistance et me concentrai. Cette fois, je sentais l'odeur de la menthe et des épices s'approcher de mes narines. Ces effluves agréables tenaient mon humeur joviale et décidée. Véni, vidi, vici !

— Pourtant, ça aurait de nombreux avantages.

— Eh bien dis-moi lesquels, me toisa-t-elle sûre de son coup.

— Déjà, vous le connaîtriez mieux.

— Si je voulais mieux le connaître, je déjeunerais avec lui le midi, ce qui n'est pas le cas. Donc, tu peux en déduire que je ne « désire » pas en savoir davantage sur sa personne ni sur son travail, ajouta-t-elle sournoise.

Mince, la garce. Pas faux… argument à jeter aux oubliettes…

— Si vous vous ouvriez un peu Josiane, peut-être que vous seriez plus appréciée.

Ses yeux s'agrandirent sous l'effet de la surprise. Bingo, j'avais touché là où ça faisait mal.

— Tu penses vraiment que ça compte pour moi ?

— Heu, en fait, je n'en ai aucune idée…

— Autant te dire que tu fais fausse route avec moi ma jolie. Laisse tomber. Ton expérience ne m'intéresse pas. Si monsieur Moreau souhaite te payer à t'amuser, ça le regarde, mais ne me mêle pas à ça…

Un éclair de génie venait de m'assaillir. Nous allions voir si la technique fonctionnait. Je souris mentalement et me mordis l'intérieur des joues afin de rester sérieuse.

— En parlant de monsieur Moreau…

— Quoi ? Quoi ? me lança-t-elle énergiquement.

— Eh bien, il va être profondément déçu, exagérai-je.

— De ?

Ça marche, ça marche… !

— Si je lui annonce que vous avez refusé de participer… mentis-je éhontément. Car pour en avoir discuté avec lui, il appréciait grandement l'idée d'échanger avec vous une fois les deux jours tests réalisés.

— Ha bon ?

— Non, mais ne vous inquiétez pas, ce n'est pas grave, je sais qu'il y a d'autres personnes intéressées.

Ne pas craquer, rester sérieuse…

— Attends.

— Vraiment, pas d'inquiétude Josiane, je comprends.

— Attends je te dis !

Le piège s'avérait plus qu'efficace. En fait, ce qui motivait les gens, c'était l'argent ou l'amour. Pour autant, je devais demeurer crédible si je souhaitais qu'elle se jette dedans de son plein gré. Je me forçai à ne pas en rajouter et sincèrement, m'autofermer la bouche dans cette situation était fort compliqué tellement cela m'amusait. Elle porta sa tasse à ses lèvres, aspira une gorgée, je songeais à sa douzième pause WC lorsqu'elle me répondit enfin.

— C'est OK.

Bingo !

30

La goutte d'eau

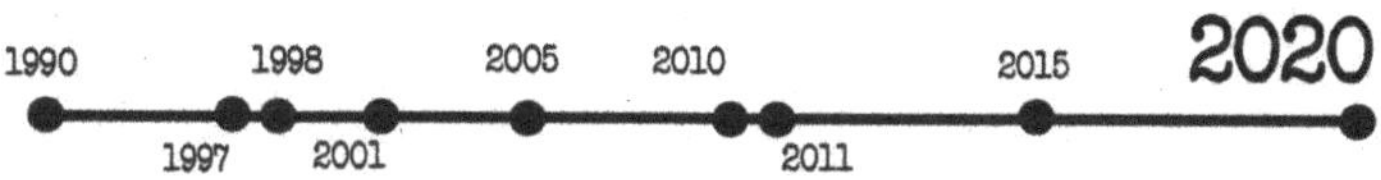

Le vendredi soir, Josiane avait pour habitude de préparer le bureau de Martin Moreau pour le lundi. Une façon de lui faciliter la vie et de se rendre utile et importante à ses yeux. Lorsqu'elle faisait le bilan de sa vie, sa plus grande réussite était ce poste, dans cette entreprise. Elle avait depuis toujours ressenti des émotions particulières envers son patron et elle n'eut de cesse de garder espoir sur une éventuelle réciprocité qui se révèlerait un beau jour, comme une évidence. Elle aussi avait le droit au bonheur et sa patience était son arme. Alors, ce soir-là, lorsqu'en déposant les dossiers, elle vit qu'il avait laissé son ordinateur portable allumé, elle secoua la tête de manière bienveillante, de la même façon que lorsque l'on prend un enfant en faute. Elle se prépara donc à l'éteindre, son visage arborant un franc sourire, mais une fenêtre ouverte en bas de l'écran lui parut étrange. Sa curiosité l'emporta et sa main vint cliquer dessus pour l'agrandir. Ce qu'elle découvrit lui scia les jambes.

Martin Moreau était inscrit sur un site de rencontres. Son Martin. Tout s'effondra.

* *
*

La journée du vendredi fut éprouvante moralement, cela, pour plusieurs raisons. La première était que dimanche, j'avais prévu de rendre visite à ma mère et comme assez régulièrement, je ne savais plus sur quel pied danser avec elle.

L'ai-je seulement su un jour ?

J'attendais toujours une guérison miraculeuse, un espoir fou. Un flash avec Carole me revint en tête. Quelle rencontre exceptionnelle et libératrice cinq ans auparavant ! C'était à elle que je devais mon nouvel état d'esprit de ces cinq dernières années. Pour ma mère aussi, cette entrevue avait porté ses fruits, mais elle partait de tellement loin que la changer complètement était de l'ordre de la chimère. Pour autant, je gardais la flamme de l'espoir tapie dans mon cœur. Elle me permettait de me lever tous les matins en me disant que ça irait toujours mieux qu'hier. D'autant plus que dernièrement, le professeur Bremond m'avait à nouveau rappelé que les batailles n'étaient pas forcément gagnées par les plus forts, mais par ceux qui n'abandonnaient jamais. J'avais déjà perdu mon père 5 ans plus tôt, sans aucune possibilité de rattraper notre histoire commune. Je ne lâcherais pas ma mère, jamais, même si ça mettait une partie de ma vie entre parenthèses. J'étais peut-être en vie pour cette raison, la sauver.

Tout en songeant au surlendemain, je tapotais nerveusement mes doigts aux ongles trop rongés sur mon bureau. Deuxième source d'angoisse, mon travail. J'étais à la fois heureuse de mes avancées et dans la crainte de faire fausse route. Peut-être étais-je devenue trop utopiste, à l'image de mon patron ? Quoi qu'il en soit, mon ventre gargouillait, et pas de faim. Mon plan stratégique se mettait doucement en place et la première journée concrète de

« troc mon job » aurait lieu dès lundi avec Josiane et Philippe, le duo de choc ! Je regardai la montre au mur qui affichait dix-neuf heures. Bienheureuse j'étais que personne ne m'attende jamais. J'éteignis mon ordinateur, rinçai mon mug, pris mon sac et la direction de la sortie. Je descendis les escaliers, pleinement consciente de ma chance d'évoluer entre ces murs.

Arrivée au rez-de-chaussée et pensant être la dernière du personnel administratif, quel ne fut pas mon étonnement d'entrevoir Josiane, toujours à son poste, blafarde. Cette dernière me découvrit désagréablement surprise. Comme si je la prenais en faute de quelque chose que je ne saisissais pas au premier abord. Ses yeux se plissèrent, mauvais.

— Mais enfin, qu'est-ce que tu fais encore ici à cette heure-là, toi ?

J'aurais dû m'habituer, depuis ces quelques semaines, à ce ton agressif systématique. Il n'en était rien. Je ne m'accoutumais pas à la méchanceté gratuite.

— Je peux vous retourner la même question, Josiane.

— Cela ne te regarde pas !

— OK, pas mieux comme réponse…

Si on avait été à l'époque de la chasse aux sorcières, elle m'aurait fait mettre au bûcher dans la seconde pour mon impertinence.

— Tu te crois toujours au-dessus de tout le monde, hein ?

— Pardon ?

Comment pouvait-on en arriver là ? Comment Josiane pouvait-elle me juger sans me connaître et m'observer avec un tel regard assassin ? Mon vase intérieur déborda, une accumulation de toutes les injustices ressenties depuis tant d'années. Josiane venait d'y mettre la goutte de trop. Ma mâchoire se crispa, mes dents se serrèrent, ma main droite se referma plus fermement sur l'anse de mon sac, je me positionnai face à elle. Seule la largeur de son bureau nous espaçait. Un combat épique sans autres armes que les paroles s'annonçait, et chacun savait que les mots pouvaient devenir, selon qui les maniait, bien plus redoutables que de l'acier.

— Ça suffit, Josiane. Je n'en peux plus de vos états d'âme et de vos remarques déplacées et inappropriées.

Elle leva les yeux au ciel, preuve d'un profond agacement envers ma personne, ce qui m'encouragea d'autant plus à dire ce que je pensais ouvertement.

— Vous savez quoi ? J'ai beau chercher, je ne comprends pas ce qui ne va pas entre nous. J'en arrive à une seule conclusion, il ne s'agit pas d'un problème avec moi, mais avec vous-même. Mais c'est plus simple de le rejeter sur la « petite nouvelle » insistai-je sans douceur en appuyant sur ce terme. Mais savez-vous Josiane, que la méchanceté n'a jamais rendu personne heureux, bien au contraire ?

— Comment oses-tu me parler sur ce ton ? fulmina-t-elle.

La mauvaise foi tapait à la porte de notre entretien et déformait sa bouche dans un rictus détestable. Bientôt, elle allait se faire passer pour la victime. J'inspirai un grand coup et poursuivis, ferme et décidée.

— Et vous, comment osez-vous être aussi désagréable au quotidien ? Vous rendez-vous compte de la pression morale que cela me met, alors que je n'ai rien demandé, et que je ne vous ai rien fait de mal ?

— Arrête, tu vas me faire pleurer...

Josiane la sarcastique avait décidé, ce vendredi soir, de me pousser à bout. Mon sac glissa de mon épaule pour atterrir sur le sol et je tapai du plat de la main sur la table, ce qui la fit sursauter.

— En fait, vous êtes devenue détestable Josiane, mauvaise, mais surtout craintive. Vous avez peur de tout c'est ça ? De la vie, des autres, de l'image que vous avez de vous-même ? Vous avez peur de vous sentir médiocre alors vous préférez salir les gens et les dévaloriser pour espérer rester au-dessus d'eux n'est-ce pas ?

Son regard, qu'elle soutenait pour preuve de domination jusqu'ici, se baissa instinctivement à ma grande surprise. J'avais probablement visé juste. Sa bouche s'entrouvrit légèrement et ses lèvres tremblèrent de façon perceptible.

— Je pense que la conversation s'arrête ici. Je n'ai aucune envie de discuter avec toi et surtout pas maintenant.

— Oh non, je n'en ai pas terminé ! Vous vous demandez comment j'examine tout cela ? Tel que vous me voyez, j'additionne vingt-années de psychanalyse, Josiane, vingt-ans, et j'imagine que j'en aurai encore autant devant moi.

Je m'étais déplacée de manière à faire barrage de mon corps et à empêcher sa fuite. Ses mains se lièrent et ses doigts se frottèrent nerveusement. Je ne sentais pas de velléité de reprendre la parole de son côté, alors je poursuivis, légèrement plus calme, sans pour autant mâcher mes mots. Un électrochoc était nécessaire, je ne voyais que cela, et en plus, autant être sincère, c'était libérateur pour ma personne.

— En fait, je peux me tromper, mais je suppose quand même approcher de la vérité. Vous souffrez d'un incroyable complexe d'infériorité et vous l'exprimez de cette manière… N'ai-je pas raison ?

— Tais-toi ! cracha-t-elle en portant ses mains à ses oreilles.

Je voulais enfoncer le clou une bonne fois pour toutes, qu'elle comprenne à qui elle avait affaire.

— Au moins, si on ne vous aime pas, on ne peut pas vous juger meilleure ou moins bonne que nous autres, sauf à penser que vous êtes une profonde connasse, ce qui paraît le cas. Bravo, vous y réussissez parfaitement.

— Ça suffit, tu as dépassé mes limites… Tu te prends pour qui à me juger de la sorte ?

J'avais probablement énoncé le mot de trop, mais tant pis. Dans certains cas, secouer les gens était salvateur pour briser leur carapace et découvrir ce qui était caché à l'intérieur. Oui, ici aussi, je rêvais. J'avais envie que Josiane soit différente de celle qu'elle voulait bien me montrer depuis le début. Mais en toute honnêteté, lâcher ces mots abrupts me soulagea. Cette fois, la discussion ne demandait pas à se poursuivre. La cinquantenaire se leva, attrapa ses affaires, me bouscula au passage et s'éloigna, sans un mot ni un regard ni prendre le temps d'éteindre son ordinateur. Je crus apercevoir une larme furtive le long de sa joue, mais son départ brusque m'empêcha d'en être certaine.

Je consultai ma montre, elle affichait dix-neuf heures quinze. Le week-end ne faisait que commencer et mes épaules s'affaissaient. Cette confrontation m'avait déjà épuisée, je me sentais telle une voiture dont la jauge de carburant s'avérait dangereusement basse pour affronter les prochaines épreuves, notamment, ma mère. De plus, qu'en serait-il de mon lundi et de mon « troc mon job » ? Josiane sera-t-elle présente ? Que d'inconnues…

Arrête de penser, Clémence, demain est un autre jour.

Oui, et demain, je verrai Adèle, même si elle ne le savait pas encore. Elle me remonterait le moral mieux que personne.

31

Ne te trompe pas de combat

Comme prévu, ma partenaire répondit présente « *te remonter le moral en déjeunant sur une terrasse au soleil avec un jus de fruits pressé, il y a pire. OK, j'en suis !* ». Un vrai sens du sacrifice ou l'appel de la « lézardise », le saurais-je un jour ?

Nous avions décidé d'un commun accord de profiter de cette belle journée printanière pour aller flâner dans le cœur du Vieil Antibes, faire le tour de ses remparts puis nous sustenter d'un agréable brunch. Niveau nourriture, l'endroit que nous fréquentions régulièrement était adapté aux goûts particuliers de mon amie, aussi tout le monde pouvait y trouver son bonheur, végan ou omnivore.

Nous venions à peine de nous retrouver au niveau de la place du marché qu'elle me lança, tout en m'attrapant le bras et en avançant vers les murailles :

— Alors, raconte-moi ta pitoyable soirée d'hier.

— Pitoyable ? Tu y vas un peu fort là.

— Je ne sais pas, à toi de me le dire répliqua-t-elle ironique. Tu n'avais pas l'air très fière de toi au téléphone.

— J'ai peut-être légèrement abusé sur les mots, enfin surtout un, mais je ne regrette pas. Cette Josiane est une… sorcière. Si tu la voyais. Elle s'est permis de me juger sans me connaître.

Je lui racontai nos échanges musclés de la veille en essayant de me remémorer les moindres détails. Je ne voulais rien louper qui me donnait raison dans cette mise au point improvisée. Tout en m'écoutant religieusement, nous arrivâmes au bout du port, là où une superbe sculpture de lettres blanches de dix mètres de haut représentant un homme « Le Nomade » attendait les visiteurs depuis plusieurs années maintenant. Le lieu était doté d'une aura particulière. L'odeur des embruns et de l'iode focalisait notre attention. Quant à nos yeux, ils ne pouvaient se lasser d'un tel spectacle. Dans notre dos, le vieil Antibes avec ses remparts et ses musées, devant nous, le quai des milliardaires avec les plus immenses yachts du monde. Le Fort Carré légèrement en arrière avec la grande bleue nous entourant, et en fond, les montagnes enneigées des alpes à cent quatre-vingts degrés. Nous n'étions évidemment pas seules, de nombreux promeneurs profitaient du lieu, des familles, des couples jeunes et moins jeunes.

— Hum hum, toussota-t-elle.

— Pourquoi tu Mhummhum ?

— Parce que j'ai l'impression que tu as fait pareil…

— Pareil ? Que veux-tu dire ?

— En la jugeant.

— Moi, la juger ? me vexai-je. J'essaie juste de comprendre son fonctionnement.

Elle m'observa attentivement, un demi-sourire accroché sur ses jolies lèvres charnues.

— Tu l'as quand même traitée de « grosse conasse ».

— Ah non, je n'ai jamais dit « grosse ». J'ai dit « profonde ».

— À la bonne heure, alors tout va bien, se gaussa-t-elle.

Adèle s'avança nonchalamment vers le bord du muret à hauteur d'homme et y posa ses avant-bras tout en contemplant le paysage, je la rejoignis en moins de deux.

— Arrête de me tourner en ridicule.

— Bah, si tu ne veux pas entendre certaines choses, autant que je me taise, qu'on profite de la vue et qu'on discute de la pluie et du beau temps, non ?

Elle avait peut-être raison, ou peut-être pas. Si je ne la laissais pas reprendre sa théorie, je ne le saurais jamais. Je serrai à nouveau mes dents — deux fois en moins de vingt-quatre heures, j'espérai que mes plombages tiendraient le coup — et lui intimai de poursuivre en maugréant.

— Vas-y.

— Peut-être que tu as raison sur le fond. Cette dame manque probablement de confiance en elle et tu ne connais pas sa vie pour imaginer ce qui l'a menée là. Je te demande seulement une chose : souviens-toi à quel point le jugement des autres sur le comportement de ta mère te foutait en l'air. Ici, c'est pareil. Peut-être que tu as visé juste sur ses failles, mais je suis désolée, tu as grave foiré ta manière de lui dire, car tu as laissé parler ta colère et ton ego.

C'était moi que Josiane rabrouait depuis plusieurs semaines, c'était moi qui tenais en prenant sur moi sa sournoiserie, en restant polie le plus possible, et là, c'était moi que mon amie incriminait pour avoir craqué et balancé ses quatre vérités ?

— Tu trouves que j'aurais encore dû me taire et la laisser me traiter comme une moins que rien ? répliquai-je sur la défensive.

— Non, tu interprètes mal mes dires, me répondit-elle en posant sa main sur mon épaule. Tu aurais dû t'y prendre autrement. La Clémence que je connais respire la bienveillance avec ses pairs, parce que son vécu lui a appris qu'il y a des chemins de vie qui peuvent être plus compliqués que d'autres. Je regrette que tu te sois laissée emporter et que finalement, tu te sois comportée comme elle envers toi. Tu l'as écrasée pour mieux briller sur le moment. C'est humain. Tu as tes fêlures toi aussi. Mais ça ne te grandit pas.

Ses mots me mirent une sacrée grosse gifle. Elle avait raison sur toute la ligne. J'en frissonnai de dépit et me refis le film en accéléré. Je me sentais moins que rien, minable, car Adèle avait vu juste. Elle était mon professeur Bremond du dimanche, moins cher, plus fun, mais foutrement efficace.

— Je peux payer ma séance improvisée en Ticket restaurant ?

La tentative d'humour dédramatisait la situation.

— Volontiers, je meurs de faim !

Nous reprîmes le chemin du retour, cette fois les remparts nous faisaient face. Il était évident que Josiane possédait des démons enfouis pour ériger une si haute barrière que la sienne. Et moi, plutôt que de l'aider à l'ouvrir en douceur, j'avais essayé de la vaincre à coups de bulldozer. Je n'avais plus le cœur de parler. Mon amie le sentit.

— C'est trop tard pour regretter tes actes. À mon avis, tu as réalisé une sacrée bourde, mais maintenant tu dois assumer ton comportement et racheter ta conduite. Ne serait-ce que pour toi et ton bien-être intérieur. Et puis, que serait la vie sans erreurs, hein ?

— Le bonheur !

— Oh non, je ne crois pas. On s'emmerderait grave, et je ne pourrais plus te faire la morale, ça serait d'un chiant !

— Parle pour toi, ça me ferait des vacances plutôt.

— Écoutez-la, madame la mauvaise foi absolue.

Seuls une grimace et un éclat de rire vinrent clôturer cet échange. La terrasse ensoleillée apparut comme par miracle et mon moi intérieur retrouva l'osmose qu'il avait perdue hier soir.

Oui, je corrigerai mon erreur, je lui dois et je me dois bien ça.

32

La vie est peut-être faite de « crush »

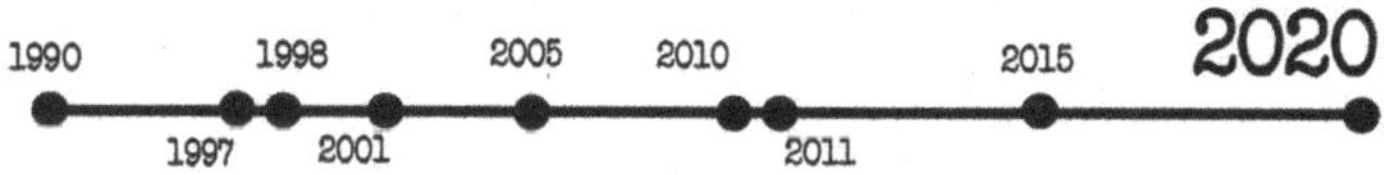

Nous terminions notre déjeuner et profitions d'un dernier café en terrasse à bavarder comme deux copines. Les sujets rivalisaient de légèreté lorsque je me décidai à l'interroger sur une question particulière sur laquelle elle laissait planer beaucoup de mystère.

— Alors Adèle, où en es-tu de tes amours ?

Un éclat de rire me fut servi en guise de réponse.

— C'est à ce point drôle ? répliquai-je

— Si tu savais…

— Justement, je ne sais pas. Raconte, lançai-je faussement impatiente.

— Et les tiens, on en parle ?

— Heu, non. Zéro rencontre, zéro envie, je suis bien seule.

— OK. OK, ne t'énerve pas ! Bon, je me suis inscrite sur un nouveau site.

Je manquai de m'étouffer. Le couple à côté de nous tourna la tête et nous sourit.

— Encore ?

— Bah, tant que je ne trouve pas, je tente. Qu'ai-je à perdre ?

Avec mon amie, nos tempéraments s'opposaient sur ce point. Autant le célibat ne me posait aucun problème, bien au contraire même, autant Adèle espérait toujours rencontrer le grand amour en glissant des photos d'hommes dans des paniers virtuels. À choisir, je préférais faire mes courses au drive et repartir avec un vrai coffre de provision pour manger la semaine, mais chacune ses décisions.

— Il fonctionne aussi avec un système de panier ? pouffai-je. Excuse-moi, j'imagine un magasin avec pleins de « mecs bio » et « pas bio » en rayon, passer avec le caddie, prendre ceux qui me plaisent et filer en caisse avec. En matière d'égalité femme/homme, on s'est bien vengées sur ce coup-là !

L'image la faisait pareillement sourire. Elle porta sa tasse à ses lèvres, but une gorgée puis poursuivit.

— Oui le caddie fonctionne toujours, mais en plus, il y a le système de « crush », ajouta-t-elle fière de sa connaissance.

— De « cruche » ?

— Non, de « crush » !

— Je m'attends au pire… ricanai-je

Mon attention fut perturbée par un enfant passant à côté de nous criant et riant, un ballon accroché au poignet. Il sauta dans les bras de sa mère, laquelle paraissait rayonnante au moment où mes yeux se posèrent sur son visage. Je me sentais telle une espionne, une voleuse de moments des autres, à tenter d'aspirer un bout de leur intimité heureuse pour remplir la mienne, vide. Avais-je seulement connu des éclats de rire dans mon enfance ? Avais-je déjà couru vers mes parents ? Les souvenirs étaient opaques. Adèle claqua des doigts à plusieurs reprises pour me ramener à la réalité.

— Ah, ça y est, tu es revenue, confirma-t-elle. Je reprends mon cours alors, ironisa-t-elle. Un « crush », c'est « un intérêt », pour pouvoir se mettre en contact, il faut qu'on se « crush » d'abord, chacun son tour. Ça permet d'éviter aux lourdauds de forcer le rapprochement si tu ne le souhaites pas. Pas de « crush », pas de connexion.

— HumHum, toussotai-je peu convaincue par la démarche.

— Et il y a aussi la géolocalisation.

— Quoi ? Tu veux dire qu'ils savent où tu habites ? paniquai-je.

— Hé, calme-toi. Pas tous, seulement les « crushés ».

Je clignai des yeux en essayant de comprendre le concept. Grand Dieu merci, je n'expérimenterai jamais de « crush ». Elle était dingue. Ces hommes, elle ne les connaissait pas. Il pouvait y avoir de nombreux fous derrière leurs écrans, mais je lui avais déjà fait part de ma façon de voir les choses des dizaines de fois. À bien y penser, il devait y avoir également quelques cinglées aussi camouflées dans ces immenses bases de données virtuelles, où chacun disait ce qu'il voulait pour mieux se vendre. Autant essayer d'en sourire pour une fois.

— Ton terme de « crush » me fait plus songer à Némo et son copain bébé tortue qu'à un site pour rencontrer l'amour… Bon, bref, et ça donne quoi concrètement ?

Elle était heureuse de pouvoir entrer dans le vif du sujet. De l'Adèle tout craché. Elle ne disait jamais rien sur elle, mais si vous l'interrogiez, on ne l'arrêtait plus !

— Alors, l'avant-dernier en date, Ethan, m'a demandé au bout du 2e soir si je comptais me mettre au sport pour perdre du poids…

— Oh le con !

Mon indignation n'était pas feinte. Le diktat des couvertures de magazines avait fait croire aux hommes des années durant que les standards de beauté étaient à la limite de la maigreur. Lorsque l'on pensait que seulement quelques dizaines d'années plus tôt, les égéries féminines étaient du type Marylin Monroe, femme pulpeuse en taille 46 ! Les professionnels du marketing avaient véritablement bien réussi leur job pour modifier les critères contemporains, à notre détriment !

— Exact. Surtout que je mets de vraies photos exprès. Pour que ceux gênés par les kilos ne viennent pas m'emmerder.

— Et alors, tu as fait quoi ? Tu l'as « décrushé » ? plaisantai-je.

— Of course ! Mais avant, je me suis amusée.

Je m'attendais au pire avec elle. Cette fille ressemblait à un ange, mais elle n'était pas la dernière à rentrer dans le lard des autres si elle estimait que ce fut justifié.

— Je lui ai dit que justement, j'étais une grande athlète et que c'était de la masse musculaire.

— Énorme, il a dû voir que tu avais de l'humour au moins.

— Penses-tu ? Cet imbécile n'a même pas compris que je me moquais de lui, alors j'ai tenu deux heures sur ça. Oui, tu peux rire. Sans commentaires. Et il y a un mois, il y en avait eu un autre dans le genre, je ne me souviens plus son prénom... J'ai été plus dure dans ma réponse. Tu sais, certains jours on est moins bien luné que d'autres.

— Oh, oui, je le sais. Laisse-moi deviner ! Alors, heu... qu'il valait mieux être enrobée et belle que mince et moche ?

J'étais moi-même satisfaite de ma répartie.

— Non, tu plaisantes, c'est trop gentil ça. « *Moi au moins, je pourrais toujours perdre du poids si je le voulais, tandis que toi tu ne pourras jamais changer ta sale tronche* ».

— Ah, en effet, il a dû être content du voyage, pouffai-je.

— Le résultat a été direct, il m'a « décrushé » le premier, mais avec du recul, il ne ressemblait vraiment pas à grand-chose.

— Alors pourquoi lui parlais-tu ? grimaçai-je.

— Tu choisis un livre pour sa couverture toi ?

— Heu... Oui... Enfin, non, ça dépend...

— Bah voilà ! Moi je sélectionne selon le résumé au dos et à la lecture, se moqua-t-elle. La couverture peut-être superbe et trompeuse, et inversement.

— Si tu le dis... ça me paraît un peu facile comme raisonnement, comparer des humains à des bouquins.

Pour moi, la beauté des gens provenait de l'intérieur oui, mais surtout de leur sourire, de leur aura. Peut-être parce que j'en avais été privée trop longtemps ? Elle fit signe au serveur pour nous amener l'addition.

— Bon, ce n'est pas que, mais vu que tu as abordé le sujet. J'ai pensé à un super truc.

— Venant de toi, laisse-moi rire. Vas-y que je me marre.

— C'est très sérieux, madame.

— Je te crois.

— Et si on inscrivait ta mère ?

Ah ben non, je ne me marre pas trop là en fait...

33

Ce n'est pas sérieux…

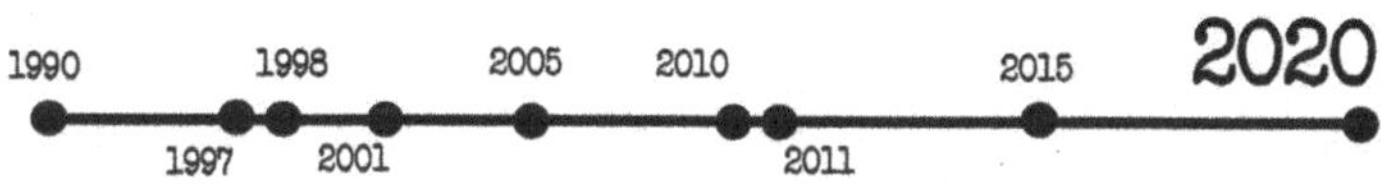

Cinq minutes après avoir payé l'addition, nous arrivâmes chez elle dans un silence quasi religieux. On déposa nos sacs à l'entrée, au niveau de son portemanteau sur pied en inox hyper moderne, puis elle se dirigea immédiatement vers son ordinateur portable.

— Approche, je te montre.

Elle s'assit dans son fauteuil de bureau en rotin. Je restai debout, près d'elle et d'une somptueuse plante verte… artificielle. Elle et moi étions deux catastrophes niveau main verte. Les végétaux frisaient le suicide chez nous. Nous nous étions alors offerts d'un commun accord des immortelles en plastique. Seulement un peu de poussière à prévoir, ça, c'était dans nos cordes.

— Sincèrement Adèle, je n'aime pas du tout ton idée.

— Ne sois pas fermée, on va regarder ensemble.

— Ce n'est pas l'histoire d'être fermée. Il s'agit de ma mère ! Ma mère, oh ! Tu saisis ?

J'eus l'impression qu'elle oubliait l'essentiel de ma vie familiale, les années de traitements sans résultats, de dépression sans fin, les tentatives de suicide que je ne comptais plus pour éviter de sombrer à mon tour. Et là, telle une fleur, elle me proposait que ma mère « crush » des mecs en accès libre sur le marché anonyme d'Internet. Non, elle avait dû omettre certaines informations.

— Oui, justement. Peut-être que ce qu'il manque à ta mère pour survivre, c'est un homme dans sa vie.

— Mais, parce qu'il te faut absolument un homme à toi, il en faudrait un à tout le monde ?

— Oh, ce n'est pas parce que toi, tu es bien seule que tout le monde devrait le rester.

Que répondre à cela ? Rien. Les deux se valaient. Mais tout de même. Ma mère dépressive sur un site de rencontres. Je n'imaginais même pas si j'abordais le sujet avec elle le lendemain.

— Ohhh. Tu m'épuises déjà, ruminai-je.

— Et ce n'est que le début. Donc, regarde.

Mes yeux se focalisèrent sur l'écran. Elle entra son login et son mot de passe dans le site au graphisme non équivoque.

— On va juste effectuer un test sur mon profil avec des critères différents des miens. Parce qu'il est évident que ta mère et moi, nous n'allons pas rechercher les mêmes choses, pouffa-t-elle.

J'avais envie de lui dire qu'elle était malade, inconsciente, folle. Partir semblait peut-être la seule solution qu'il me restait pour garder la tête haute, avant que cette histoire abracadabrantesque ne devienne réellement n'importe quoi.

— Les tranches d'âge, me demanda-t-elle. Ta mère, elle va sur ses 60 ans, exact ?

— Ouais...

— Cache ton enthousiasme... Allez, tu vas voir, c'est fun.

— Déjà faire les courses en temps normal, c'est pas ce que j'appelle être fun. Mais alors là, excuse-moi, mais pour le moment, faire du shopping de mec pour ma mère, je trouve pas ça hyper fun, non.

Elle souffla, taquine et dodelina son visage, toujours heureuse de son idée. Elle aurait trouvé un vaccin contre une maladie rare et incurable qu'elle aurait été autant joyeuse. Tantôt, je la perdais. Par bonheur, elle revenait systématiquement à elle, mais au bout de combien de temps ?

— On met 55/65 pour la recherche ?

Je pris mollement une chaise de son salon pour venir m'installer à ses côtés. Il me semblait qu'être assise serait mieux pour la suite.

— Heu… Je ne sais pas. Je suppose que oui.

— Bien, voilà. Ça c'est fait. Ensuite, la taille. Ta mère elle aime les grands ou les petits ?

— Tu es sérieuse là ?

— Il n'y a pas plus sérieuse que moi.

Mon ventre se contractait. Une boule d'angoisse jouait au yoyo à l'intérieur tandis que les yeux de mon amie pétillaient comme jamais.

— À part mon père, ma mère n'a eu aucun homme dans sa vie, Adèle… Et pas sûre, vu la fin de leur relation, qu'elle le prenne en modèle. Paix à son âme. Comment veux-tu que je sache si elle aime les grands ou les petits, les forts ou les minces, les avec ou sans cheveux…

— Hey, calme-toi copine. Je conçois que ce soit dur à imaginer, et c'est pour ça que je suis là ! Je suis en dehors de ton histoire, c'est donc plus simple pour moi de réfléchir à ce genre de… sujet. Attends-moi, je reviens.

Elle se leva quelques secondes pour mettre sa bouilloire à chauffer. Nous avions l'habitude de partager un thé Macha Bio japonais qu'elle avait dégoté en lisant toutes ses revues sur la nourriture saine.

— L'idée ne me plait vraiment pas. Désolée, lançai-je pendant qu'elle préparait les tasses.

— Parce que tu penses comme toi, Clémence ! Tu es réfractaire à ces rencontres virtuelles. Mais peut-être que ta mère serait à l'opposé de toi.

— Je ne vois pas comment cela pourrait être possible.

— Tu ne pourras pas le savoir sans lui demander.

Maman, ça te dirait de t'envoyer en l'air avec un parfait inconnu ? Je t'assure il paraît qu'il n'y a pas mieux comme antidépresseur… Ben voyons !

Elle revint avec deux tasses brûlantes qu'elle posa avec deux sous-tasses fleuries sur le bureau. Je la remerciai par un sourire timide et poursuivis, un brin sarcastique.

— Génial, et pour le coup, grâce à moi, enfin, à nous, car l'idée vient de toi, elle réussira peut-être sa dernière tentative de suicide lorsqu'elle saura ce qu'on manigance pour elle, répondis-je dépitée.

— Ça se tente !

— Pardon ?

— Ça se tente. Au moins elle sera délivrée un bon coup.

— Mais, c'est même plus folle à ce niveau, murmurai-je d'étonnement.

— Relax !!!! Tu penses vraiment qu'on peut se tuer pour ça ? Si elle y arrive un jour, crois-moi, ça sera pour ses trente-cinq ans d'obscurité cumulée, et par pour notre idée de lui amener un peu de lumière. Allez, bois un peu et on reprend.

Au bout de quelques minutes, on avait sélectionné des hommes du département, entre 55 et 65, célibataires, divorcés ou veufs — comme cela, peut-être qu'ils pourraient éventuellement se suicider à deux… — nous avions indiqué que le nombre d'enfants passait au second plan, non-fumeur, taille moyenne, entre 1,65 m et 1,85 m. Je m'interrogeais sur la légitimité de certains critères… Tant l'homme de sa vie mesurait 1,64 m ou 1,86 m, ou avait 54 ou 66 ans et elle ne le saurait jamais parce que nous nous serions trompées d'un petit centimètre ou d'une petite année…

— Maintenant, on va décrire ta mère.

— Décrire ma mère ?

J'avais oublié ce pan du site. Forcément, ça allait dans les deux sens. Quelle idiote j'étais.

— He oui… Tu crois qu'ils vont valider une présentation vide ? Réfléchis un peu blaireaute. Allez, parle-moi d'elle. Qu'est-ce qu'elle aime ?

J'écarquillai les yeux. Sa question n'avait aucune signification pour moi. Ce que ma mère aimait ? J'aurais bien été infoutue de le deviner.

— Le Prozac, répondis-je du tac au tac.

— Clémence…

— Tu préfères le Lexomil ?

— Clem ! Sois sérieuse.

— Mais je le suis ! Je te jure, elle les adore et parfois les deux ensemble. Ah et elle aime aussi dormir… Pleurer… Dormir… Regarder des émissions abrutissantes à la télé, dormir, essayer de crever, c'est bon, tu notes ? On va lui trouver un super gars avec ça, hein !

Je me levai si fort que ma chaise s'en renversa emportant la plante au formol par la même occasion. Son idée était définitivement à jeter.

34

Si, si, ça l'est…

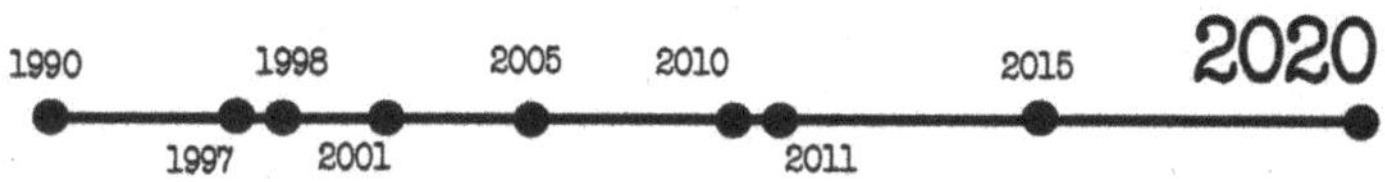

Mon amie m'avait suivie dans ma fuite. Nous descendions les escaliers en colimaçon de son immeuble l'une à la suite de l'autre, accrochées à la rambarde pour éviter toute chute inopportune dans la précipitation.

— Clem, Clem ! Arrête-toi !

Je n'étais pas en colère, en tout cas, je n'avais pas l'impression d'en ressentir envers elle. J'étais plutôt exaspérée par une situation que je ne maîtrisais pas, encore une qui me prouvait mes limites. Une fois sorties du bâtiment, Adèle attrapa le dos de mon tee-shirt ce qui eut pour effet de ralentir mon pas pressant, puis de bloquer ma course.

— Clem, ma chérie, arrête de fuir, me lança-t-elle essoufflée.

— Si je pouvais être libre de mes faits et gestes, ça m'arrangerait.

— N'exagère pas.

— J'exagère ?

Une pointe d'énervement fit surface et j'inspirai franchement pour canaliser mes émotions.

— Adèle, j'ai compris que ce que tu essaies de faire pour moi, ça part d'un bon sentiment… Mais, bon sang, ce n'est pas réalisable !

Son regard s'attendrit.

— Ma puce, c'est toi qui le dis. Tu as érigé des barrières autour de ta mère, sûrement pour la protéger et te préserver en même temps.

Bien sûr que la protection était une priorité dans mon esprit. Tellement de déceptions s'étaient accumulées toutes ces années, et toujours cette impression d'être la mère de ma propre génitrice.

— Tu l'as presque sacralisée en la mettant en dehors de son humanité, de la normalité… Tu penses qu'elle ne peut pas vivre comme nous. Mais peut-être qu'elle n'attend que ça, qu'on lui prenne la main pour l'accompagner sur un nouveau chemin…

— Sa main… Je la lui ai pris tant de fois, Adèle. Et j'ai rarement eu de bonnes surprises.

— Alors il faut essayer autrement.

— Pourquoi insistes-tu ?

— Parce que je sens que c'est ce que nous devons faire. Ne me demande pas pourquoi. Une intuition.

Des passants nous observaient du coin de l'œil. Je m'interrogeai sur leurs vies, leurs réussites, leurs échecs, leurs drames. J'étais loin d'être la seule à endurer cette situation, je le savais et j'en devenais malgré moi égoïste. Les effluves de la boulangerie d'en face s'immiscèrent dans mes narines et m'apaisèrent.

— Même si tu n'y crois pas trop Clémence, l'amour représente une des meilleures solutions à de nombreux problèmes. Aimer et être aimé en retour, en certaines occasions, ça frise la magie…

— Le petit lapin dans le chapeau blanc qui se transforme en colombe, bof, très peu pour moi, j'ai passé l'âge.

— Je ne te parle pas de ça, poulette, me sourit-elle. Je te parle de féerie émotionnelle, celle qui nous échappe.

— Tu veux que je rappelle Ethan, me moquai-je, peut-être qu'un truc vous a échappé justement ?

— Oh, tais-toi et remonte, on a quelque chose à terminer.

Je grimaçai, mais la suivis les pieds traînants. Même si l'idée m'inquiétait, elle avait raison, je n'avais jamais abordé avec ma mère des sujets tels que l'intimité et les sentiments, probablement par pudeur et par crainte de la faire descendre encore plus bas.

Et si c'était aussi simple que ça… ?

Nous nous rassîmes et Adèle commença à me lire à voix haute ce qu'elle tapait sur son clavier.

— Dame 60 ans, de tempérament calme et réservé, cherche partenaire pour égayer le quotidien et partager des projets à deux, ça te va ?

Ma tête oscillait entre elle et l'écran.

— Et c'est tout ?

— Ben oui, on laisse une place de mystère… Et puis, tu voudrais dire quoi de plus ? Elle a des loisirs ta mère ? Non. Alors voilà. Si c'est OK, il me faut une photo pour terminer.

— Une photo ?

— Oui, tu n'en as pas sur ton portable ?

Si, j'en avais pris quelques-unes l'année dernière, lors d'une balade que nous avions réussi à réaliser toutes les deux. Le souvenir m'y projeta à nouveau. Nous étions bras dessus bras dessus au bord du Cap d'Antibes. La mer sur notre gauche très peu agitée. L'odeur des algues séchées sur les rochers. De petites fleurs violettes surgissant entre les rochers de toutes parts sur le sentier. Un ciel bleu qui contrastait avec le chemin en pierre blanche.

— Elle va me tuer… me maudire sur 12 générations.

— 12 ? Tu ne vois pas un peu grand là ? ironisa-t-elle.

— Tu m'as compris ! soupirai-je. Laisse-moi chercher quelques secondes.

Je découvris le portrait de ma mère, les cheveux lâchés, avec des traits apaisés, légèrement souriante, heureuse du moment présent. C'était tellement rare, trop rare. Elle pouvait être jolie.

— Voilà, j'ai, je te la transmets par mail.

— Montre ? Parfait. Elle a l'air naturelle dessus, c'est génial ! Oui, envoie, ça va « crusher » grave tu vas voir, plaisanta-t-elle.

Oui, elle « avait l'air » naturelle. Néanmoins, qu'est-ce que cela donnerait dans le cadre d'une véritable rencontre ? Ma mère saurait-elle redevenir « normale », enfin, je veux dire, autrement que déprimée et sans émotions ? Saurait-elle sourire avec un inconnu ? Tenir une discussion ? Garder sa concentration pour pouvoir réagir lors d'une conversation ? Tant de questions sans réponses. Je secouai la tête, c'était ma mère, pas ma fille. Adèle poursuivit.

— Voilà, on va pouvoir balancer la première recherche, juste pour découvrir les hommes qui correspondent à la première sélection, OK pour toi ? Nous modérerons les premiers échanges de toute manière.

— Je n'ai pas le choix, alors GO.

— Si ma grande, tu as choisi de tenter ou pas, donc ne te la joue pas à te morfondre dans une situation faussement subie.

Je soupirai, elle appuya sur la touche « entrée » de son clavier. Un curseur de recherche apparut. Une petite voix dans ma tête m'indiquait de relâcher la pression, que non seulement, il n'y avait aucun risque, mais qu'en plus, si ça ne le faisait pas, ma mère ne le saurait jamais.

Plusieurs portraits émergèrent les uns à la suite des autres. Je n'aurais jamais songé qu'il y avait autant d'hommes en attente d'être « crushé ». La majorité paraissait sympathique au premier abord. Pour d'autres, je ne comprenais pas leur choix de photos, et cela me fit repenser à notre échange sur la couverture du livre. Je supprimai automatiquement ceux qui tiraient la tronche. Hors de question d'imaginer mettre en lien ma mère avec un individu sans sourire. Je voulais lui trouver une motivation de croire en un avenir plus serein… pas une raison de quitter la vie encore plus tôt !

— Alors, tu en dis quoi ?

— Pour le moment, pas grand-chose. Ils sont nombreux quand même.

— Ah ça oui, le travail de tri est assez important, je te l'accorde.

— Et tous ces hommes cherchent… l'amour ?

— Une grande majorité oui. Après, il faut faire attention, certains ne souhaitent que s'amuser. Mais dans cette tranche d'âge, je pense que les profils sont assez sérieux.

Mon sang se glaça.

— Oh putain !

— Quoi ?

Je me liquéfiai sur place. J'identifiai une photo, un homme que je n'aurais jamais imaginé ni célibataire ni encore moins sur ce genre de site. Je clignai des yeux, les frottai et m'approchai de l'écran pour confirmer ma vision. Aucun doute, c'était bien lui, reconnaissable entre mille.

— Clem, qu'est-ce qu'il se passe ?

— Mon patron attend de se faire « crusher » … susurrai-je.

Elle éclata d'un rire limpide.

— Mais c'est super ça !

Super ? Pas sûre que ça soit le mot que j'aurais utilisé…

35

Je n'ai plus d'amour à offrir, juste mon tourment éternel…

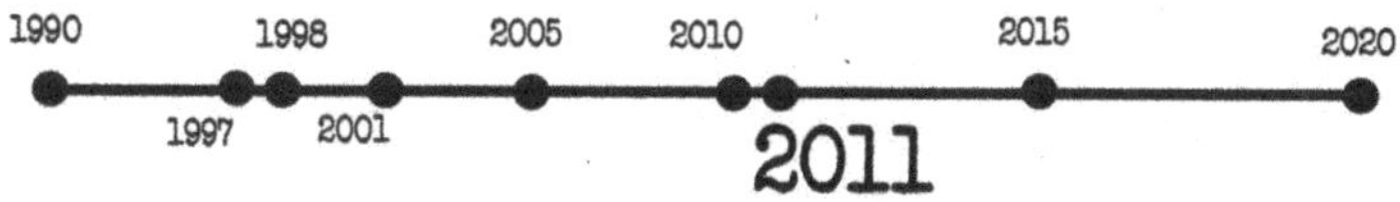

C'était la 8e psychologue qui la suivait en 20 ans. Deux avaient tenu quelques mois à peine, quant aux autres, cela oscillait entre 2 et 10 ans pour la dernière en date. Brigitte avait eu beaucoup de mal à faire confiance et à évacuer ses états d'âme. Elle avait fui les praticiens froids, ceux qui cachaient leur cœur, même si elle comprenait qu'ils ne puissent pas appréhender toutes les douleurs du monde. À cinquante ans, elle ressentait sa souffrance au quotidien et n'envisageait pas d'autre possibilité. Pour elle, ce décès, celui de son enfant, ressemblait à une sentence, une punition qui lui était infligée et si elle ne savait pas pourquoi, là-haut, eux, le savaient sûrement. Elle refusait donc de vivre en laissant cette épreuve derrière elle et d'avancer, comme tout le monde. Non, elle devait la porter pour le restant de ses jours, c'était écrit.

Ce jour-là, sa psychanalyste depuis 2001, Claudine Bompart, décida d'aborder un nouveau sujet pour étudier les réactions de sa patiente. Claudine faisait partie des personnes dont l'activité était une vocation. La cinquantaine épanouie, des traits fins avec de belles rides d'expression, les cheveux châtains aux épaules, des yeux emplis de douceur et d'empathie, elle avait conscience de la difficulté d'ouvrir les portes de chaque esprit humain. Les analyses psychologiques pouvaient s'avérer longues et fastidieuses, souvent pour un pas de fait, on reculait de deux voire de trois lors d'une prochaine séance. Rien n'était linéaire. La persévérance était un mot clé, aussi bien du côté du patient que du soignant. Le chemin menant à son soi profond se méritait, mais ensuite, une fois celui-ci accompli, quel cadeau de la vie ! Parfois, cela fonctionnait plus vite pour certaines personnes que pour d'autres, mais pour quelques individus, il s'agissait d'une démarche à vie, un accompagnement pour soulager l'évolution au sein d'un monde hostile. Pour ceux-là, Claudine ne comptait pas son énergie.

Elle avait appris, vers la fin de l'adolescence, que le destin l'avait privée d'une future maternité, aussi, elle avait effectué le choix, jeune adulte, d'affronter l'épreuve et de la transformer en opportunité. Cette vie sans enfants serait entièrement consacrée à venir en aide à son prochain. Elle se voyait telle une « sœur », mais sans l'aspect religieux. Chaque être humain méritait qu'on lui tende la main, alors autant en faire son métier.

En dix ans, elle avait bien compris que Brigitte était un cas particulier et complexe. Cette dame la touchait au plus profond de son cœur. Refuser à ce point de lâcher sa douleur était un signe de force remarquable, malgré ce qu'en pouvaient dire nos semblables. La solution « légitime » était de laisser faire le temps, ce que la majorité des personnes ordinaires arrivaient à faire, et tant mieux. Mais Brigitte avait effectué un autre choix. Celui de ne pas oublier, jamais. Celui de traverser chaque jour comme si sa perte datait d'hier. Qui pouvait à ce point soutenir ce genre de douleur, 20 ans durant ? Aussi, son travail de longue haleine consistait à lui faire prendre conscience qu'elle pouvait tenter de vivre, sans négliger ses souvenirs.

La culpabilité était un sujet récurrent. De tout temps, les femmes se considéraient fautives de tellement de choses, quelquefois justes, mais très souvent chimériques. Les hommes les avaient habituées depuis toujours à se sentir responsables pour les affaires du quotidien qui allaient de travers. Si elles ne tombaient pas enceintes, c'était « elles » qui avaient un problème. Si elles se faisaient agresser sexuellement, c'était qu'« elles » l'avaient cherché. Si elles étaient fatiguées, c'était parce qu'« elles » avaient désiré travailler. Si elles aimaient d'autres dames, c'était qu'« elles » n'étaient pas bien faites. Si elles voulaient réussir en politique, c'était qu'« elles » n'étaient pas de vraies femmes. Heureusement, les époques évoluaient, et les femmes reprenaient doucement, mais sûrement le contrôle de leurs vies. Elle repensa aux figures de l'Histoire qui agirent pour bouger les lignes, les précurseuses, les filles fortes, courageuses, celles qui avaient offert leur destin pour que celui de la condition féminine avance... Simone Veil reflétait un des plus beaux exemples qui lui vinrent en tête. Mais pour une femme reconnue, combien d'inconnues s'étaient battues de manière anonyme ?

Elle se focalisa à nouveau sur Brigitte. Cette dernière exacerbait sa culpabilité. Elle estimait que la perte de son enfant lui incombait pleinement. Claudine avait donc souhaité changer d'angle et aborder un autre thème en ce jour de printemps 2011.

— L'amour d'un homme vous manque-t-il ?

Brigitte plissa les yeux d'étonnement. Son regard balaya la pièce décorée dans une ambiance sereine. Un mélange de matériaux bruts, tels du bois clair avec de nombreuses plantes et quelques touches de minéral par-ci par-là la rendait chaleureuse. La grandeur des fenêtres laissait passer une luminosité sans pareille. Cette pièce était un cocon et la dame qui lui faisait face représentait la gardienne de cet espace.

— Quelle étrange question me posez-vous... murmura-t-elle.

— Étrange ? Pouvez-vous me dire pourquoi ?

— Eh bien... À vrai dire... je n'y pense pas.

— Vous ne pensez pas à quoi ? À l'amour ?

Elle prit quelques secondes avant de répondre.

— Non, répliqua-t-elle de façon abrupte.

— En êtes-vous sûre ?

Elle secoua la tête comme pour remettre ses idées en place. Même si elle était habituée, les médicaments ralentissaient ses réflexions. Ses paupières étaient régulièrement lourdes.

— Désolée, mais je ne comprends pas où vous souhaitez m'emmener, souffla-t-elle perdue.

— Ne cherchez pas à comprendre Brigitte. Je vous demande simplement de me répondre.

Sa bouche s'ouvrit, se ferma, puis s'ouvrit à nouveau pour confirmer sa première constatation.

— Non, je ne pense pas à l'amour.

— OK. Alors, admettons que là, vous y songiez…

— Pardon ?

— Habituellement, vous n'y réfléchissez pas. J'ai bien compris. Mais là, à l'heure où je vous parle, je vous demande d'y… rêver.

— Mais… Je ne peux pas.

— Pourquoi ?

Ses lèvres se pincèrent et ses mains, posées sur ses cuisses, se mirent à serrer le tissu de son pantalon noir. Claudine observait furtivement toutes les réactions de sa patiente. Des signes qui pourraient lui révéler de nouveaux points de blocage sur lesquels travailler. Un espoir d'avancer autrement, une façon d'aborder le problème différemment.

— Brigitte, pourquoi vous ne pouvez pas ?

— Parce que… parce que… je ne sais plus faire…

Claudine prit le temps de recevoir cette réponse. Encore une souffrance imposée, encore une contrainte qu'elle avait ajoutée à son existence pour mieux la contrôler. L'aveu de sa patiente ne l'étonna guère, pour autant, elle ressentit une partie de sa douleur enfouie.

— Vous croyez sincèrement qu'il y a un mode d'emploi pour cela ?

— Je, je… non… je ne sais pas… je ne peux pas…

La thérapeute, prévoyante, se leva de sa chaise et récupéra une boite de mouchoirs posée sur son bureau. Elle la déposa ensuite avec douceur sur le siège à côté de Brigitte puis se rassit, ne la lâchant pas du regard. Brigitte hésita, puis, honteuse, se servit juste avant que les premières larmes ne coulent.

— Je… Je ne sais plus rien faire… Mon cœur s'est renfermé sur lui-même ce jour de 1990.

— Non, c'est faux. « Vous » avez décidé de le fermer.

— Est-ce si différent ? renifla-t-elle.

— Complètement. Car vous pouvez décider de le rouvrir.

Brigitte, dont les joues étaient striées de larmes, essuya les sillons qui s'y dessinaient.

— C'est trop tard.

— Rien n'est trop tard. Vous le savez aussi bien que moi, seule la mort est irréversible. Le reste, tout peut changer.

— Je… je n'ai pas le courage, de recommencer.

— Brigitte.

Claudine se balança légèrement sur son assise. Elles se trouvaient dans un embranchement. Il pourrait faire avancer ou reculer l'état de sa patiente selon comment elle abordait la suite. Elle avait peur de ses propres paroles. Son métier était l'un des plus beaux du monde, mais de temps en temps, c'était, humainement, un des plus durs. Elle était responsable de leur santé. Chaque mot avait son poids, et chaque patient réagissait au regard de ses expériences individuelles. Elle inspira un grand coup, et lâcha ce qu'elle ressentait.

— Brigitte, vous méritez autant qu'une autre personne d'être heureuse.

— Non ! cria-t-elle fermement.

— Brigitte… Vous n'avez pas tué votre enfant…

— Personne ne le sait !

— Justement… rien n'a été prouvé, il vous faut sortir de cette culpabilité de mère infanticide…

— Il n'a… même pas eu le temps… Il s'est éteint en moi, sanglota-t-elle.

Claudine vint poser une de ses cuisses sur le siège de sa patiente et lui serra la main, telle une amie.

— Je sais, Brigitte. Je sais… soupira-t-elle. Mais vous devez trouver la force en vous de délier ce drame du reste de votre vie.

— Et si je n'en avais pas le droit ?

Elle attrapa sa main plus fermement et plongea ses yeux dans les siens.

— Ne laissez jamais personne vous faire croire que vous n'avez pas le droit de quoi que ce soit… Et surtout pas vous-même. Vous avez le droit d'aimer, Brigitte, et d'être aimée. Vous avez le droit d'éloigner tous ces démons qui vous empêchent de dormir. Vous avez le droit de vous sentir aimable, vivante. Vous avez la liberté de vouloir à nouveau danser, seule ou avec quelqu'un et même de chanter faux si ça vous fait du bien ! Vous avez le droit de ressentir à nouveau autre chose que cette peine continue que vous vous infligez. Vous avez la possibilité de grandir, Brigitte, de redéployer vos ailes, et de ne plus avoir peur de tomber. Vous avez le droit de respirer à nouveau à pleins poumons. Vous avez le droit de sourire ! Vous avez tous ces droits, et vous le méritez, termina-t-elle fébrile en essuyant sa joue d'un revers de la main.

Elle ne savait pas si sa tirade serait bénéfique ou pas. Ce qu'elle savait, c'est que ses mots se révélaient des plus sincères et qu'elle y croyait dur comme fer, pour Brigitte, mais aussi pour toutes les femmes, majoritaires, qu'elle croisait dans son cabinet. Nul ne connaissait l'avenir, ce qui était certain, c'est qu'elle ne baisserait jamais les bras, elle était là pour les épauler, peu importait si elle emmenait à chaque fois un bout de leur souffrance à son domicile.

36

Refaire sa vie ou plus simplement la poursuivre

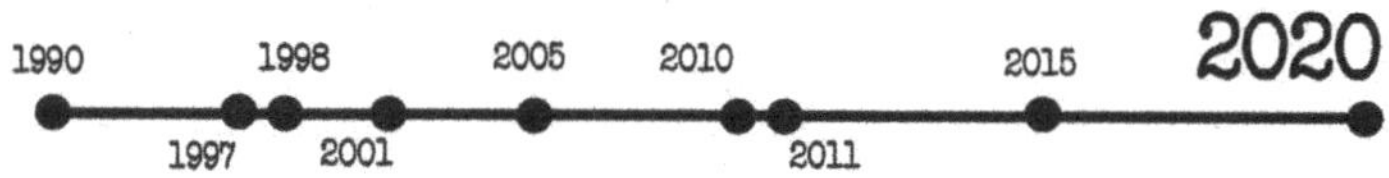

En ce dimanche après-midi aussi ensoleillé que la veille, ma mère m'accueillit en peignoir. Cela ne m'étonnait guère, puisque le vide remplissait ses journées, que ce soit en semaine, week-end, par beau ou mauvais temps. Néanmoins, un sentiment de peine profonde m'envahit. Comment pouvait-on laisser défiler sa vie de la sorte, sans aucun but, aucun intérêt pour rien, ni même le moindre plaisir du quotidien ?

— Bonjour, maman, lançai-je en l'embrassant une fois la porte franchie.

— Bonjour, Clémence.

J'ôtai ma veste printanière puis me dirigeai automatiquement vers la cuisine pour nous faire couler un expresso. J'apostrophai ma mère sur sa préférence.

— Tu veux un long ou un court ?

— Celui que tu souhaites.

— Maman, ce n'est pas moi qui vais le boire, je m'occupe du mien, dis-moi toi ce qui te ferait plaisir, répliquai-je avec délicatesse.

J'entendis ses pas et la devinai s'asseoir sur son canapé en velours d'une autre époque. Le même depuis ma plus tendre enfance. Si ce n'était son style démodé, il était incroyablement bien conservé, même sa couleur vert foncé n'était pas passée. Un flash me vint à l'esprit, le tissu ressemblait aux pantalons côtelés de Martin Moreau, était-ce un signe ? Je pouffai seule à cette idée saugrenue.

Au moins, il serait assorti au mobilier si jamais.

— Va pour un long alors, me répondit-elle.

— Ça marche, c'est comme si c'était fait !

Je posai les tasses sur leurs soucoupes dans un plateau sans âge également. Ce dernier datait de l'époque de ses parents, que je n'avais pas eu la chance de connaître. Ils étaient partis avant ma naissance et vu son état, nous n'en avions jamais trop parlé.

Je nous installai sur sa table basse et pris conscience que tout, dans cet appartement, s'était arrêté de bouger il y a trente ans. Ma mère avait érigé un panneau-Stop devant le chemin de sa vie, et elle ne l'avait jamais plus déplacé. Comment accueillerait-elle ma discussion de ce jour, après trente ans figés ? C'était comme si elle avait plongé son existence dans un bain de formol et quelque part, un peu la mienne aussi.

— Alors, comment vas-tu ?

— Ça va Clémence, ça va.

Elle n'était pas du genre à répondre de manière très lyrique. Même sa bouche s'était habituée à donner le minimum, une vraie avare celle-là. En fait, seuls ses organes vitaux lui conféraient encore le statut d'être vivant. Cela ne pouvait plus continuer, Adèle avait raison. Après avoir ajouté le sucre, je lui fis passer sa tasse et pris la mienne.

— Au fait, mon nouveau travail est réellement intéressant. Ce n'est pas simple, car original, mais je m'accroche.

— C'est bien.

Merci pour ton enthousiasme…

— Le patron me fait une confiance aveugle, je ne sais pas pourquoi, mais il croit en moi et en mes capacités.

— Il a sûrement raison.

Je doutais de la meilleure façon de lâcher la bombe au bord de mes lèvres. Peut-être qu'il fallait simplement se jeter à l'eau, ou comme un sparadrap, le tirer d'un coup ?

Trois, deux et demi, deux, un et demi, un…

— Maman, tu n'as jamais songé à refaire ta vie ? grimaçai-je immédiatement après avoir lancé mon missile.

Mes yeux fuirent, mon cœur battit à tout rompre. Elle arrêta de boire aussitôt, sa tasse resta en apesanteur au bord de ses lèvres. Elle tourna son visage légèrement vers moi, un regard interrogatif, puis descendit son café au ralenti jusqu'à ses genoux.

— Clémence… murmura-t-elle d'une voix mélancolique.

Je fermai les yeux et secouai la tête nerveusement.

— Désolée, maman, je n'aurais pas dû, m'inquiétai-je.

— Non, non.

Elle soupira profondément, cligna ses paupières à plusieurs reprises puis reprit.

— Ce n'est pas simple.

Sa réaction était différente de celle à laquelle je m'attendais. Elle ne clôturait pas le sujet et même si elle n'était pas la plus grande bavarde, elle avait répondu une phrase qui ouvrait le débat.

— Je sais, maman, que rien n'est évident. Je le vois. Mais peut-être que si ce n'est pas simple… Ce n'est pas si difficile non, plus ? Tu comprends la nuance ?

Sa bouche se contracta et ses lèvres se pincèrent au-dessus de ses dents serrées. Sa tête se baissa légèrement, honteuse.

— Comment refaire sa vie lorsque l'on l'a arrêtée ?

— Alors peut-être que le mot n'est pas le bon.

— Que veux-tu dire ?

Ma main s'approcha de son bras et vint chercher le contact.

— Peut-être qu'il ne faut pas « refaire » ta vie, mais la « reprendre », la « poursuivre » …

— À partir d'où ?

— Je ne sais pas… C'est à toi de le décider.

— Clémence… Je ne ressens plus rien ici, me montra-t-elle en pointant son cœur.

Ma main changea de posture et vint caresser son épaule.

— Je ne te crois pas.

— Et pourtant… Quelle maman aurait abandonné sa fille comme je l'ai fait ?

— Une mère perdue, seule au monde, sans savoir à quoi se raccrocher.

C'était la première fois que nous avions une discussion si calme et posée sur le sujet. Habituellement, soit j'évitais, soit, dans ma jeunesse j'explosais de colère. Moi aussi, je changeais, je grandissais.

— Une maman digne de ce nom ne réagit pas comme ça, Clémence. Comment imaginer refaire ma vie, alors que je l'ai jetée aux oubliettes, et la tienne aussi par la même occasion. Souvent, je me dis que tu serais mieux si je disparaissais…

— Je t'interdis de remettre cela sur le couvert !

Je ressentais sa douleur sincère.

— Ta question me rappelle une séance avec ma thérapeute, il y a de nombreuses années.

— Madame Bompart ?

— Oui. Elle m'avait demandé si l'amour d'un homme ne me manquait pas…

— Et qu'avais-tu répondu ?

— Pas grand-chose, je n'arrivais pas à m'imaginer autrement que seule, toujours.

Elle se leva, prit les tasses et les mit sur le plateau pour les ramener à la cuisine, puis elle s'accroupit sans prévenir, comme si sa force la quittait.

— Maman ?

— Ça va Clémence, ça va. Penser à tout cela me remue un peu… Je me trouve dans un tunnel sombre depuis si longtemps. C'est mon quotidien, je ne connais plus que ça. J'ai l'impression que quelque part, ça me rassure. Je n'ai rien et je n'attends rien de la vie tu comprends. Si rien ne risque de me faire tomber, je ne me ferai pas mal. Si mon cœur est vide, il ne pourra plus se briser.

— Oh ! Maman…

Je vins me positionner à sa hauteur, les genoux au sol pour la prendre dans mes bras. Je la berçais comme on calmait un enfant ayant vécu un cauchemar… mais c'était mon rôle, je le sentais. J'étais là pour ça.

— Maman, regarde-moi.

Ses mots trahissaient son supplice, mais son visage restait neutre, les médicaments disposaient de cette force, ils bloquaient les sentiments, rendaient les humains inhumains, dénués de toutes émotions. Ils anesthésient la vie.

— Je comprends tes peurs, mais tes craintes prouvent que tu souffres déjà. Il est temps de vivre maman… non, de revivre. C'est un combat envers toi-même que tu dois mener. Je t'en supplie, il faut que tu essaies, réellement cette fois. Je suis là, tu le sais, et je serai là pour t'aider. Je veux que tu retrouves la lumière, même si elle est infime, cela sera toujours ça de gagné.

Sa tête se posa au creux de mon cou.

— Je ne peux rien te promettre…

— Tout le monde a le droit à une seconde chance, tu me fais confiance ?

— Confiance ?

— Avec Adèle, on a réfléchi à un plan…

37

Troc ton job

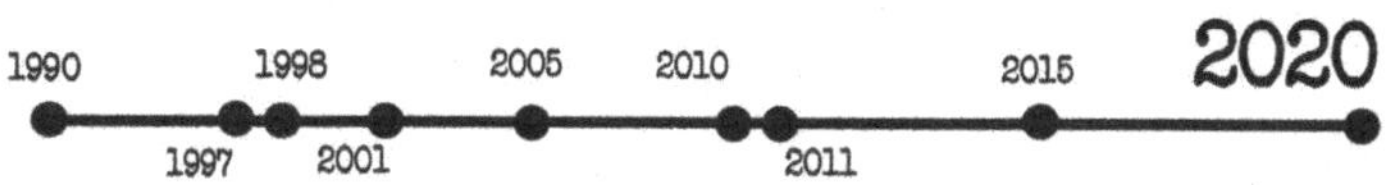

Lundi matin. Journée test de ce fameux concept auquel étrangement, l'angoisse aidant, je ne croyais plus des masses. Qui plus est, vu nos échanges musclés de vendredi soir, Josiane serait-elle présente à son poste ? Ma confiance et mon enthousiasme s'ébranlaient lorsque, passant le portail de Moreau & Cie, j'aperçus la voiture de Josy bien stationnée à sa place.

Ouf, déjà, elle est là.

Je me garai à mon tour, éteignis le moteur, pris une grande inspiration et remontai ma vitre lorsque cette dernière se bloqua une nouvelle fois.

— Oh, mais ce n'est pas possible, pas maintenant !

— Un problème ?

Philippe approcha de sa démarche pataude avec la bienveillance qui caractérisait ses traits.

— Toujours pareil…

— Un coup de main ?

Cette fois, je ne l'accueillis pas sur la défensive. Je ne pouvais plus l'être vu ce Philipe qui me faisait face et son ouverture d'esprit bien plus élevée que je ne pouvais l'imaginer au départ. Il avait été volontaire et très optimiste concernant ma stratégie de troc ton job. Moi qui le voyais comme un misogyne de base, je m'étais bien trompée.

— Volontiers !

Il s'accroupit devant ma portière ouverte et tritura un tuyau dans la jointure où des câbles électriques devaient passer. Comme par magie, lorsqu'il appuya sur le bouton, la vitre se leva.

— Cela doit être une simple mauvaise connexion du système. Il faudra p'têtre l'écarter pour nettoyer à l'intérieur.

— Génial, merci Philippe, lui dis-je en l'embrassant sur la joue. Vous êtes top, je vous retrouve à votre poste dans quelques minutes avec Josiane.

Le rouge lui monta aux pommettes. Philippe désorienté ? Eh bien il fallait croire que oui.

— Super, je vous attends.

Il s'éloigna puis revint rapidement sur ses pas.

— Vous savez Clémence…

Il retint ses paroles et trottina sur place, tel un ado embarrassé, les mains serrées sur des morceaux de tissus volants.

— Dites-moi ? répondis-je.

— Je pense q'vous allez faire du bien à cette entreprise… Je veux dire, humainement déjà.

— Oh, c'est gentil ça, Philippe.

Sa bouche se plissa, ses yeux s'illuminèrent, contents d'avoir exprimé ce qu'il avait besoin de lâcher.

— C'est sincère… Vous voyez, rien qu'moi là, je vais passer la journée avec Josiane alors qu'nous travaillons dans la même entreprise depuis des dizaines d'années… Et même une pause-café, cela ne nous était jamais arrivé. Alors, je ne vous dis pas qu'du jour au lendemain je voudrais être secrétaire, hein ? Parce qu'moi et l'informatique, j'en suis toujours à l'époque des disquettes, alors… ça vous fait rire les disquettes ? Bah, moi aussi faut dire, se moqua-t-il. Mais, j'en étais où ? Ah oui, j'aime l'idée de comprendre son travail et de pouvoir lui montrer le mien. Je trouve ça vraiment valorisant pour chacun de nous. Ça nous donne de l'importance aux yeux de l'autre… et ça fait du bien Clémence, de savoir qu'd'autres vont découvrir ce que je fais toute la journée, que je ne fais pas que pousser des chariots, qu'il y a un sens, une logique. Alors… merci pour cette idée.

Je me délectais de ces douces paroles venant du cœur.

— Merci à vous, répliquai-je sans force. C'est grâce à vous qu'on peut la mettre en place.

Je sentais à la fois mes épaules s'ouvrir de satisfaction et mes jambes se dérober par l'émotion. Des larmes bouleversées prenaient naissance au coin de mes yeux.

— Je dois y aller, je vous retrouve très vite, murmurai-je.

Les paroles de Philippe résonnaient tellement en moi. Ses mots représentaient tout ce que j'avais toujours voulu entendre. Son sourire était tout ce que j'avais constamment désiré voir autour de moi. Je touchais au but. Je ne pouvais pas changer le destin du monde, mais je pouvais peut-être, par des petites idées toutes simples, apporter un peu de légèreté et de joie dans la vie de mes pairs. Il suffisait de se trouver au bon endroit au bon moment. Et si jamais j'y arrivais aussi avec ma mère, ça serait le Graal absolu.

J'avançai vers l'accueil, l'angoisse au ventre de découvrir une Josiane encore plus fermée et réfractaire qu'à l'accoutumée. Une fois la porte passée, je l'aperçus et m'approchai de son bureau en ayant l'impression d'être en apnée, sans masque ni tuba.

— Bonjour Josiane.

— Ah, ce n'est pas « connasse » ce matin ?

C'était de bonne guerre, je ne pouvais pas non plus m'attendre à une accolade amicale vu le contexte.

— Écoutez, Josiane…

— Non, pas maintenant, me lança-t-elle en secouant son visage, et j'ai oublié, bonjour Clémence.

Son ton n'était pas particulièrement chaleureux, mais l'avait-il déjà été ? Au moins, elle m'avait regardée en me saluant, un effort à noter. Selon sa volonté, je n'insistai donc pas sur notre rixe du vendredi.

— C'est le grand jour, déclarai-je. Vous êtes prête ?

— Ai-je le choix ? me répliqua-t-elle avec un sourire quasiment imperceptible au coin des lèvres.

— On a toujours le choix. Prendre des décisions contre la facilité et les habitudes, c'est oser choisir sa vie.

Elle m'offrit un sourire réservé, mais compréhensif.

— Oui, je suis prête, je me suis habillée pour l'occasion, me montra-t-elle fièrement en sortant de derrière son office.

En effet, je découvris une Josiane accommodée d'un bas de survêtement là où je n'avais connu que des jupes tailleurs pendant ces quelques semaines.

— C'est parfait Josiane ! J'espère que Philippe fournira le même effort lorsque ce sera à lui de venir ici, répliquai-je ironique.

— Tu veux dire, en jupe ?

J'acquiesçai d'un signe de la tête. Son sourire devint plus franc. Incroyable, c'était la journée idéale, celle qui rendait définitivement les gens beaux ! Celle qui faisait rayonner ce qui était caché au plus profond d'eux.

— Je lui en prêterai une s'il faut, pouffa-t-elle.

— Ce n'est pas tombé dans l'oreille d'une sourde !

— Oh, surtout, tu ne lui dis pas, répliqua-t-elle avec un signe de la main, telle une maman montrant la fessée qui attendait sa fille si elle se tenait mal. Ça reste entre toi et moi, c'était une plaisanterie évidemment, termina-t-elle, penaude.

Josiane paraissait plus légère… Je mourais d'envie de jouer cartes sur table, mais une petite voix intérieure m'indiqua que ce n'était pas le moment. Elle viendrait vers moi en temps voulu.

— Mais oui, bien sûr… Je lui passerai une des miennes rassurez-vous, lançai-je avec un clin d'œil. Allez, on y va !

38

Petite Marie, tu es faite pour grandir, grandir…

La journée s'était étirée tel un sablier grippé ayant besoin d'une bonne révision. Les heures et les minutes furent d'une longueur absolue ! Après être restée trente minutes avec Josiane et Philippe en début de matinée, je m'étais empêchée de retourner les voir afin de les laisser autonomes et maîtres de leur moment découverte. L'attente avait été la même que celle ressentie par une gamine de cinq ans la veille de Noël. Marie s'était ouvertement moquée de moi et m'avait indiqué de ne plus trop croire au père Noël, mais au retour de Josy le dragon.

— Et du haut de tes vingt ans, tu considères qu'on ne peut plus rêver en grandissant ? ripostai-je.

— Rêver à quoi ? Que Josy se transforme d'un coup de baguette magique et que Philippe devienne son meilleur ami ?

— Et pourquoi pas ?

— Oh là là, je sais pas de quoi a été fait ton week-end toi, mais ne pense pas à ce genre de chose.

— Tu as sûrement raison, soupirai-je. Néanmoins, Josiane avait l'air… différente ce matin.

Marie s'attelait à classer méticuleusement des dossiers clients à archiver dans des pochettes de couleurs, selon les années, et les types d'activités. Elle prenait ses missions d'apprentie assistante à cœur et était bien moins angoissée que lors de notre première rencontre, dans le couloir. Néanmoins, cette gamine disposait d'un méga potentiel dont elle-même ne soupçonnait pas l'existence. Et j'osais espérer l'aider à se découvrir dans les prochains jours.

— Au fait, je t'ai pas dit qui j'allais proposer pour la future expérience de « troc ton job » ? déclarai-je innocemment.

— Non, c'est vrai. Je t'écoute.

— Ça sera toi, lui révélai-je en la montrant du doigt.

— Moi ?

À l'opposé de mon faciès joyeux, ses mouvements stoppèrent à la seconde. Ses yeux s'écarquillèrent tant par la surprise que deux billes pleines de blanc me scrutèrent sans ciller. Sa peau blêmit.

— Tu, tu… Tu plaisantes ?

— Pas du tout.

— Mais qui voudrait découvrir ce que je fais ? Personne Clémence enfin. Je suis en apprentissage, mes missions sont… presque sans intérêts.

— Détrompe-toi, j'ai déjà le volontaire, mentionnai-je fière, et je t'interdis d'utiliser ce genre de mot ! grondai-je en fronçant les sourcils.

Elle s'assit maladroitement sur sa chaise. Ses bras lourds se posèrent de part et d'autre du bureau, une de ses mains se leva en emportant son coude pour venir soutenir sa tête.

— C'est vrai ?

— Oui, et tu le connais bien, la narguai-je d'autant plus que je pouvais escompter à l'avance de sa réaction.

— Oh mon Dieu, enfin, Clémence, pourquoi moi ? On est trois cents dans cette entreprise.

— Parce que ça va te faire du bien Marie, crois-moi.

— Ce qui me convient, c'est de vaquer à mes occupations et que personne ne fasse attention à moi.

— Il y a certaines personnes qu'il faut aider à prendre de l'ampleur et tu en fais partie.

Sa bouche se tordit en réaction à ma remarque.

— Avec qui… avec qui vais-je devoir faire un binôme, Clémence ?

— Tadammmm ! Avec… Monsieur Moreau !

Elle se laissa complètement tomber sur son bureau, son visage se posa lourdement sur ses bras.

La lumière fait souvent peur à ceux qui la méritent le plus…

J'étais persuadée que naître femme était un cadeau du ciel et non une contrainte. Les femmes dessineraient le Nouveau Monde, main dans la main avec les hommes. Ces dernières ayant compris que les différences représentaient une force et une richesse à exploiter, non une faiblesse. Et Marie, avec son potentiel et sa réflexion, faisait partie de celles-ci. Je l'avais suffisamment observée pour la cerner. Son tempérament réservé cachait une pépite, il fallait simplement l'aider à le voir par elle-même. La confiance en soi était contagieuse, tout du moins, j'avais envie d'y croire. J'espérais que l'estime qu'elle se portait augmenterait avec le temps, mais je veillerais, et qui mieux que Martin Moreau pour l'accompagner dans cette démarche ?

39

Et si on se serrait dans les bras pour recoller les morceaux ?

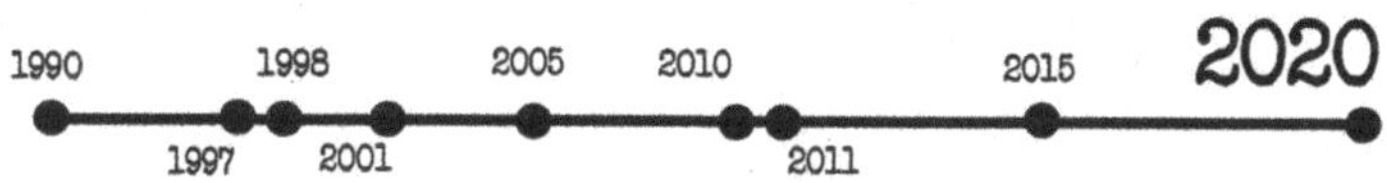

Je trépignai devant le bureau d'accueil de Josiane. Elle aurait dû revenir depuis dix minutes si j'en croyais l'heure affichée sur l'horloge centrale. N'ayant pas eu de nouvelles de la journée, son absence prolongée m'inquiétait. J'avais vérifié le parking, mais son véhicule était toujours stationné à sa place.

Et si Philippe, au bord de l'implosion, l'avait poussée dans une de ses machines qui vous transformaient en emballage… ? Et si on ne revoyait plus jamais Josiane… ?

Je remuai les bras autour de mon visage pour éloigner ces pensées loufoques comme on chassait une guêpe collante. Néanmoins, avec les mots de Marie sur ma naïveté envers Josy, mes doutes étaient mis à rude épreuve. Après avoir parcouru deux kilomètres sur quatre mètres carrés, sa silhouette apparut enfin.

— Ah, Josiane, tout va bien ? m'empressai-je en la rejoignant.

— Heu… Mais oui, bien sûr, pourquoi me demandes-tu ça ?

Elle passa derrière son bureau pour récupérer une partie de ses affaires laissées pour la journée.

— Ben, vu l'heure…

— Ah, oui, cette journée s'est déroulée à une vitesse, me lança-t-elle gaiement.

Je me pince ou pas ?

— Très bien, répondis-je dubitative. J'en déduis que l'expérience s'est bien déroulée ? osais-je fébrile.

Son visage stoppa net sur moi et ses yeux me transpercèrent. Ma respiration dut s'arrêter un instant et je supposai que mon cœur venait de louper un battement. Elle ouvrit la bouche, roula des yeux, ferma la bouche puis souffla.

— Jeune fille, ton idée est super…

OK, je me pince. Aïe !

— Mais enfin, qu'est-ce que tu fais ? m'asséna-t-elle en relevant un sourcil méfiant.

— Heu, rien, je voulais juste vérifier un truc.

Pfff, j'y suis allée fort…

Je secouai mon bras pour faire passer la douleur tout en prenant conscience de sa réponse.

— Josiane, vous pouvez répéter ? Parce que… je… Je ne suis pas tout à fait sûre d'avoir bien entendu.

Ma main chercha son bureau pour y appuyer une partie du poids de mon corps. Mon avenir dans cette entreprise dépendait peut-être de cette journée, de l'impact de cet échange et de ce que cette expérience pouvait apporter à la société ainsi qu'aux femmes et aux hommes qui la tenaient debout.

— N'exagère pas Clémence. Déjà que je ne suis pas trop du genre à déblatérer des compliments.

— OK, OK, répliquai-je sans vouloir la brusquer. Donc, ça s'est réellement bien passé ?

Elle s'assit grossièrement sur sa chaise, tira sur son pull pour le remettre droit et reprit.

— C'était vraiment bien oui. Jamais je n'aurais cru que le travail effectué par Philippe était si… méticuleux. Il prend sa tâche à cœur et sincèrement fait du bon boulot. Et en plus, il explique son métier avec passion. Même si j'étais sur la réserve au début, il m'a rapidement mise à l'aise et m'a transmis son enthousiasme.

— Vos mots sont plus que ce que j'espérais Josiane.

— Et en plus, si tu me laissais terminer…

— Oui, oui, bien sûr, allez-y.

— Ça m'arrache la bouche de dire cela, mais Philippe est vraiment un chouette type.

Alors là, « c'est la cerise sur le bateau ! ».

Je me retournai pour chercher une des chaises disposées à l'entrée afin de faire patienter les visiteurs en attente d'un rendez-vous. Je la positionnai devant le bureau de ma collègue et y appuyai un de mes coudes.

— Excusez-moi, j'ai besoin de m'asseoir.

Nous laissâmes quelques secondes de silence entre nous. L'atmosphère paraissait étrange. Nous étions à un croisement dans notre relation, je le sentais et il me semblait qu'elle aussi. Aucune de nous deux ne se précipita pour rompre la quiétude qui s'était installée.

— Je me demande si on ne pourrait pas aller plus loin dans ton expérience.

— Plus loin ?

— Oui… Peut-être, l'ouvrir à des personnes de l'extérieur, en recherche d'emploi. Cela pourrait créer des vocations et permettrait de repérer des candidats et candidates potentiels à des métiers davantage mixtes.

— C'est incroyable Josiane, c'est exactement ce que j'ai noté dans mon rapport pour une étape suivante, une fois que le système sera bien installé déjà en intra !

— Ah, finalement, on peut avoir quelques idées proches, me sourit-elle. Tu n'es pas qu'une pimbêche insolente et irrévérencieuse.

Je pris cela comme une perche et rebondis sur sa remarque.

— Et j'en suis sincèrement heureuse.

— À vrai dire… moi aussi.

Elle voulait ajouter quelque chose, mais sa voix s'était tue. Que devais-je faire, poursuivre ou la laisser terminer ? Tout en moi était en ébullition.

— Clémence, pour vendredi. Tu avais raison. Ça m'a fait mal, mais tu avais tes arguments.

— Justement, je tenais à m'excuser pour mes paroles. Je ne savais pas comment aborder notre… altercation.

— Non, je dirais une mise au point plutôt. Tu as touché là où ça pique, assez brusquement, je l'avoue, mais finalement convenablement dosé pour que cela me remue dans le bon sens. Cela m'a fait comme un électrochoc et j'ai réfléchi tout le week-end. Je ne peux pas continuer à vivre de la sorte et cela ne tient qu'à moi.

Son sourire timide était suffisant pour confirmer qu'un cap avait enfin été franchi.

— Vous me pardonnez alors ?

— Et toi, me pardonnes-tu ces semaines horribles ?

— Je ne vois pas de quoi vous parlez Josiane.

40

Moustaches virtuelles

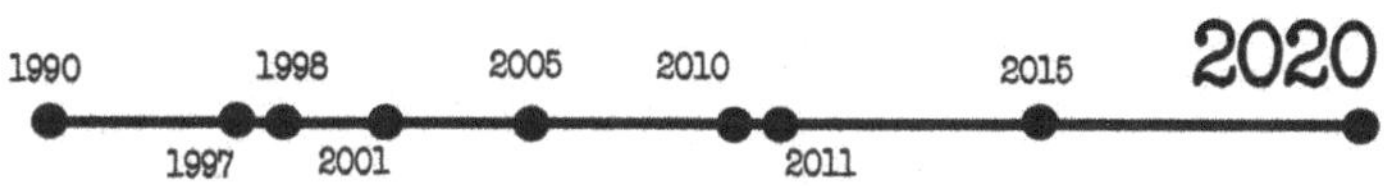

Cette journée s'était terminée en apothéose ! Au volant de ma voiture « presque » sportive qui avait du mal à avancer en petite montée, je ne me remettais pas de la surprise Josiane. Comme quoi, parfois, il suffisait de crever l'abcès, le pus sortait des spores en putréfaction et la cicatrisation permettait de se sentir mieux.

Quelle image poétique…

Une fois rentrée chez moi, je me devinai sereine, légère, heureuse. C'était peut-être ça, être au bon endroit au bon moment, se retrouver à sa place dans ce bas monde. Pour autant, je n'en avais pas fini avec mes missions du jour. Celle concernant le travail s'était bien déroulée, à présent, il me restait à gérer la « presque » relation virtuelle entre ma maman et monsieur Moreau. J'en frissonnais. Adèle m'avait fourni les codes de connexion du profil créé avant-hier. Je m'apprêtai à vérifier si « Martin_foreveryoung » — son pseudo avait manqué de m'étouffer — avait répondu au message de ma mère, enfin, « presque » ma mère, puisque c'était le mien dans les faits.

C'est la journée de « presque » tout.

J'eus besoin de prendre ma douche en premier lieu, car mine de rien, j'étais émotionnellement épuisée. L'humain était la chose la plus difficile à appréhender, puisqu'il n'y avait pas de règles sur nos ressentis, nos réactions. Mais c'était de même, le challenge le plus passionnant. La pluie d'eau chaude sur ma nuque m'apaisa. Les tensions diminuèrent et je me sentis « presque » d'attaque pour la suite. J'enfilai ma tenue décontractée d'intérieur puis m'installai devant mon ordinateur portable sur le petit bar rehaussé de la cuisine qui me servait aussi pour mes repas. J'appuyai sur le bouton d'alimentation la boule au ventre. Je ne sus ce que je préférerais, qu'il n'y ait pas de message ou qu'il y en ait un.

« Et si je remettais à demain ce que je peux faire après-demain… ? »

Le navigateur Internet s'ouvrit, j'entrai le nom du site, puis les codes. Une enveloppe clignotait bien en bas à droite de l'écran. Mon cœur se mit à doubler la cadence. Ma mère avait un « crush » en retour de sa correspondance.

Youhou Clémence, ce n'est pas un message pour toi, redescend. C'est pour ta mère, ne l'oublie pas.

Je cliquai donc sur l'icône datée de dimanche et découvris les quelques phrases — entre nous très polies — de monsieur Moreau en réponse à celui de ma maman — enfin, de moi.

« Chère Brigitte, merci pour votre mot et votre intérêt envers ma personne. Au-delà de votre description qui paraît me correspondre, puisque je cherche une partenaire posée, j'ose vous avouer que les traits de votre visage m'ont déjà charmé. Je vous propose de commencer à converser ici, puis nous verrons bien si des affinités permettent une éventuelle rencontre par la suite. Qu'en dites-vous ? Au plaisir de vous lire, je l'espère, rapidement. Votre dévoué. Martin. »

Bien, bien, bien. La discussion était engagée et monsieur Moreau ne tournait pas autour du pot. Je devais donc, maintenant, être suffisamment fine pour naviguer de manière subtile et poursuivre les échanges au bon rythme et avec le bon ton. Je n'oubliais pas que ma mère avait soixante ans et un vécu particulier. Que lui dirait-elle ? Je devais absolument me mettre dans sa peau si je ne voulais pas tout faire rater par maladresse. C'était une opération quasi « *tiens, je n'avais pas dit presque* » militaire. Je me fis un point d'honneur à ne pas demander de conseils à Adèle, elle en avait déjà assez fait, c'était à moi de poursuivre.

« Cher Martin, je suis heureuse de votre réponse. Je ne suis pas habituée à ce genre de rencontre, c'est ma fille qui m'a un peu poussée pour l'inscription. C'est entendu pour discuter dans un premier temps ici, nous verrons par la suite comment les choses évoluent. »

À peine le message envoyé, j'aperçus un rond vert sur la photo de monsieur Moreau, signe qu'il venait de se connecter. Je déglutis et m'immobilisai en attendant une réponse qui mit moins d'une minute à arriver. C'était incroyable comme le temps passait vite selon les moments.

« Bonjour, Brigitte, je suis ravi de vous lire. Vous remercierez votre fille pour moi. Vous n'en avez qu'une ? De mon côté, j'ai deux grands enfants de vingt-huit et trente ans. Les deux sont sur Paris par choix professionnel (informatique) et amoureux. Ahhh, le cœur… Et la vôtre ? Que fait-elle et est-elle par ici ? »

Mais pourquoi avais-je parlé de sa fille ? De moi en l'occurrence. J'aurais dû imaginer qu'il embrayerait sur ce point. Pauvre tache que j'étais. On m'avait toujours dit que se mêler des histoires des autres, ce n'était pas terrible. Alors, s'immiscer dans l'intimité de ma propre génitrice et de mon patron, je supputais que l'idée était même plutôt bien pourrie. En attendant, je venais d'apprendre qu'il avait deux enfants et me rendis compte que nous n'avions jamais abordé de sujet personnel. Tant qu'il ne commençait pas à interroger ma mère — enfin moi — sur ses préférences sexuelles, je m'adapterais toujours…

« Oui je n'ai qu'une seule fille, et je vous avoue que je ne saurais pas trop vous expliquer son métier… Honte à moi. Elle habite sur Antibes. »

J'appuyai sur « envoyer » tout en me demandant ce que pourrait être sa prochaine question. J'en profitai pour aller me servir un verre de jus de goyave. Non pas que j'adorais cela, mais j'avais eu la deuxième bouteille à moins cinquante pour cent lorsque j'avais pris celle pour le dîner chez mon amie.

« Brigitte, comme vous êtes connectée,
et si nous poursuivions en "tchat" ? »

Celle-là, je ne l'avais pas vu venir. Bon sang de bonsoir ! Je me levai et arpentai mon salon de long en large trois fois avant de me rasseoir en panique. Jouer un rôle en différé était une chose, le faire en direct m'inquiétait davantage.

Clémence, « ce n'est pas la mort à boire... ». De toute façon, tu es coincée alors...

Je me voyais à nouveau pointer au chômage d'ici quelques jours, lorsque mon boss apprendrait la manigance affective dont il avait fait l'objet. Pas de chance, les relations avec Josy commençaient seulement à se dérider...

— ***Bonsoir, Martin.***

— ***Bonsoir, belle dame.***

Mes yeux s'écarquillèrent. Pourvu que monsieur Moreau ne se révèle pas un prédateur assoiffé de sexe. Mon image de lui en prendrait un sacré coup et il me paraissait évident que dans ce cas de figure, je partirais de l'entreprise de mon propre chef.

— ***Autant vous le dire de suite, je ne suis pas une inconditionnelle de compliment, d'autant plus que nous nous connaissons à peine.***

BAM, voilà pour le calmer un peu.

— ***N'y voyez rien de déplacé de ma part, Brigitte, et si je peux vous rassurer, je suis un homme on ne peut plus sérieux.***

Mon envie de répondre « *je sais bien, je commence à vous connaître* » fut stoppée juste à temps !

Ici, tu es Brigitte, tu entends, Brigitte !

Ma santé mentale en prendrait un coup, c'était évident. Comment faisaient ceux qui mentaient tout le temps dans la vie de tous les jours ? Comme je les plaignais.

— ***Parfait, de toute manière, si je vous sentais trop pressant ou autre, cela ne me conviendrait pas... Autant être honnête. Je ne suis pas familière de ce genre de rencontre, c'est une première, et pour vous ?***

Je n'étais pas sûre de vouloir connaître la réponse et mes sourcils se froncèrent automatiquement.

— ***J'y suis depuis quelques mois. J'ai vécu un divorce compliqué, et comme vous, mes enfants m'ont poussé... J'ai un travail que j'adore, mais très prenant... Et je me refuse à développer une relation intime dans le monde professionnel, c'est la porte ouverte à toutes les fenêtres ! ;) »***

Oh, mon Dieu, il avait le même humour moisi que moi avec les citations ! Est-ce que cela plairait à maman ? À vrai dire, je ne savais pas trop ce qui lui conviendrait, je tâtonnais à vue. Josiane me vint à l'esprit, si cette dernière apprenait que je tentais de mettre en couple le patron avec ma mère, nos efforts seraient réduits à néant.

— ***Je comprends et vous avez sûrement raison d'être prudent. Et puis, à nos âges, nous avons eu notre dose de désillusions, autant rester sage et terre à terre.***

— ***Tout à fait, même si je pense que nous avons encore de très belles années à parcourir, si Dieu le veut.***

— ***Vous êtes croyant ?***

— ***Cela vous gênerait-il ?***

— ***Je n'ai pas d'a priori... je l'ai été à une époque...***

Ma mère m'avait brièvement parlé de son éducation assez portée vers la foi. Cependant, elle s'en était détournée, par la force des choses lors de la perte de mon frère. La religion ne l'avait pas aidée à franchir cette épreuve. Elle disait « *qu'IL nous avait abandonnés* ». Monsieur Moreau serait-il plus efficace que notre Seigneur ? Je pouffai à cette idée saugrenue.

— Pour vous répondre, de mon côté, c'est plus une expression qu'une croyance.

— C'est très bien comme cela…

— Et vous habitez Antibes, c'est cela ? C'est marqué sur votre profil.

— Oui, c'est cela, à côté de ma fille.

— Une très belle ville.

— Oui je trouve aussi.

Impossible de dire qu'elle ne sortait jamais, et qu'à part la supérette du coin et sa psy, je supposais qu'elle ne connaissait pas vraiment cette ville.

— Vous aimez voyager Brigitte ?

Est-ce que si je répondais « nombreuses tentatives de voyages au pays des morts », ça passerait ? Clémence, pas le moment de faire de l'humour noir avec toi-même.

— Je n'en ai malheureusement pas eu l'occasion.

— Moi non plus, toujours pareil, à cause de mon métier. Mais il n'est jamais trop tard.

— Que faites-vous dans la vie, Martin ?

— Je dirige une belle entreprise dans le secteur des parfums, à Grasse. Et vous ?

Et mince… J'aurais dû prévoir cette foutue question !

Mes doigts pianotaient nerveusement sur le bar. Mes yeux se fermaient pour trouver l'inspiration. À cet instant, je me suggérai qu'un verre de vin m'aurait plus aidée que ce jus de goyave acide fort en vitamines…

— Je suis en préretraite. J'ai eu le choix. Ma vie professionnelle a été mise entre parenthèse assez longtemps.

— Si c'est votre décision, c'est le plus important.

Les échanges cordiaux se poursuivirent plus d'une heure. Au fur et à mesure, je m'attachais à ce personnage que j'apprenais à découvrir autrement. Je n'étais absolument pas fière de ma méthode et je me demandais comment j'arriverais à me tirer de ce guêpier, mais à l'instant T, je voyais bien ma mère avec cet homme bon et doux pour reprendre son chemin, peut-être que vraiment rien ne survenait par hasard dans ce bas monde. Peut-être qu'il pourrait remplacer mon père auprès d'elle… et de moi ?

41

Une expérience humaine à refaire

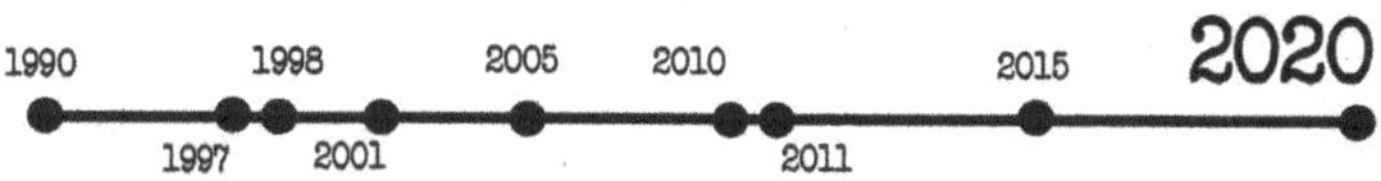

Le mardi matin, j'appréhendais de croiser mon boss et de travailler comme si de rien n'était. Imaginez que ma langue fourche et que je lui parle comme nous avions discuté la veille sur Internet, avec le costume de ma mère. Il était évident que je marcherai sur des œufs les prochains jours.

Je me perdais dans mes pensées lorsque Philippe m'accueillit sur le parking. À peine descendis-je de mon véhicule et claquai-je la portière, qu'il me serra dans ses bras à m'en couper le souffle.

— Ha, Clémence ! Vous êtes un ange envoyé par le Ciel.

— Houla, n'en faites pas trop Philippe, insinuai-je en manquant d'air. Pouvez-vous relâcher légèrement… ?

— Oh oui, pardon, excusez-moi, parfois je n'sens pas ma force.

Je reculai d'un pas et respirai à pleins poumons pour récupérer l'oxygène qui m'avait fait défaut quelques instants.

— J'en déduis que la journée d'hier s'est bien déroulée pour vous aussi ? souriais-je chaleureusement.

— Bien déroulée ? Plus qu'ça, Clémence !

Son emballement faisait plaisir à voir. Je lui proposai de me débriefer de son expérience tout en m'accompagnant vers l'accueil du siège.

— Ça tombe bien, je devais rejoindre Josiane pour un café.

Il me montra un petit paquet de viennoiseries acheté pour l'occasion. J'observai le ciel, pas de nuage en vue, le soleil brillait toujours.

— Vous et Josiane, un café ?

Ma surprise était non feinte. Elle eut pour conséquence d'arrêter ma marche un instant avant de reprendre le chemin plus lentement.

— À qui le dites-vous ? Je n'aurais pas misé un euro dessus il y a encore quelques jours.

— Pour être honnête, moi non plus, lui avouai-je gaiement.

— Cette expérience est géniale. J'ai réussi à intéresser une personne comme Josiane, vous imaginez ? Elle a compris mon travail, a posé des questions. Elle a vu au-delà de ses œillères habituelles. Le miracle de la rencontre humaine. J'ai hâte d'échanger les rôles et d'mieux comprendre son boulot à mon tour.

Nous nous arrêtâmes à l'entrée de l'entreprise, Philippe semblait réellement rayonnant.

— Ça sera lundi prochain pour vous. Ça va vous changer, vous savez ?

— Comme c'était le cas pour Josy. Finalement, votre idée nous fait sortir de notre zone de confort, et en plus on se sent reconnu, même si on n'a pas un métier « intellectuel » comme ils lâchent souvent ceux d'en haut.

Je pris pleinement conscience de la fracture qui existait toujours entre les travaux dits manuels et ceux dits intellectuels. Il n'y avait pas que le rapport femme/homme qui était à revoir dans notre société. C'était tout un pan de valeurs à retravailler de la base. Revaloriser et redéfinir l'utilité de tous les postes.

— Tous les métiers sont importants dans une compagnie, Philippe. Absolument tous. Chacun de vous représente un maillon qui fait que l'entreprise entière fonctionne. Un peu comme un corps humain. Si un des organes, même le moins visible avait un problème, c'est le corps au grand complet qui se mettrait en surchauffe.

— Ça fait du bien de compter sur des personnes qui pensent comme vous. Peut-être qu'c'est…

Je le sentis hésitant et l'encourageai à poursuivre juste à l'aide de mon regard.

— Peut-être qu'c'est parce que vous êtes une femme qu'vous voyez les choses comme ça…

— Ça paraît du bon sens plutôt, répliquai-je avec assurance.

— En tout cas, je veux bien continuer à réparer votre vitre si vous continuez à avoir de super idées comme celles-là.

Je poussai la porte en premier pour être accueillie par le sourire de Josiane. Si je n'avais pas discuté avec elle la veille au soir, tant de changement aurait pu faire peur. Il suffisait de s'intéresser aux gens pour leur procurer un peu de joie. Et il était fort probable que des personnes heureuses donneraient le meilleur d'elles-mêmes, moralité, ceci s'avérait bénéfique pour tout le monde.

— Bonjour, Josiane, vous allez bien depuis hier ?

— Bonjour, Clémence, parfaitement ! À vrai dire, je n'avais pas aussi bien dormi depuis longtemps. Tu veux boire ton café avec nous ?

Une petite voix intérieure me conseilla de laisser le nouveau binôme se découvrir différemment.

— C'est adorable, là je ne peux pas, car je dois consulter Marie pour une urgence, mais je pensais redescendre vers dix heures pour terminer notre point et réaliser un bilan de cette première journée. Philippe, je passerai cet après-midi, ça vous convient ?

— Parfaitement, vous savez où je suis.

Je montai les premières marches et me retournai discrètement pour apercevoir Josiane faire la bise à Philippe. On aura tout vu. Mon sourire s'élargit jusqu'aux oreilles.

« Il n'y pas de fumée… sans allumettes… ». Josiane et Philippe… comme quoi, rien n'était impossible dans la vie. Non, tout était possible plutôt.

42

Je voudrais être une petite souris...

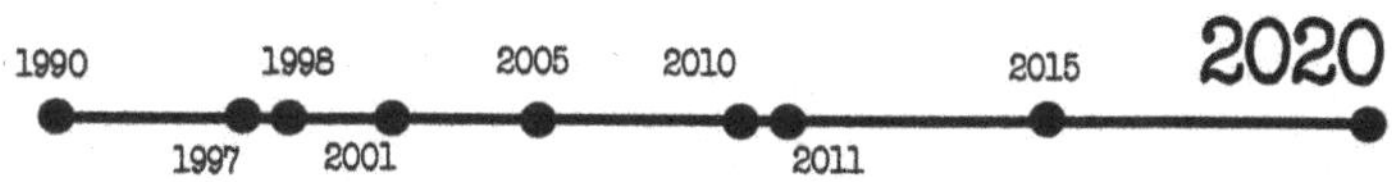

Monsieur Moreau me fit appeler de façon imprévue afin d'effectuer un point d'étape sur l'expérience de la veille. Je faillis répondre que j'avais mieux à faire, mais il me semblait que cela pourrait être, à juste titre, mal interprété et préjudiciable dans mon dossier ressources humaines. Ma carrière commençait à peine, si je voulais enfin rester dans un job, je devais prendre sur moi. Je descendis donc les deux étages qui séparaient nos bureaux en traînant les pieds. D'un côté, j'étais ravie de partager les premières impressions sur le projet qu'il avait validé, de l'autre, j'allais parler boulot avec un homme que je courtisais à distance en me faisant passer pour ma mère. La situation ambivalente me donnait la migraine et la nausée réunies.

En arrivant au rez-de-chaussée, Josiane m'accueillit, lumineuse. J'en déduisis que le petit-déjeuner s'était bien déroulé et que les sucreries apportées par notre collègue lui avaient émoustillé au moins les papilles. Lorsque Marie saurait cela, elle n'en reviendrait pas, et je pourrais me gausser sur son ton médisant à propos du dragon.

— Il t'attend, tu peux y aller.

— OK, merci. Si jamais, je vous appelle pour vous joindre à nous.

— Avec plaisir ! Je lui en ai déjà touché deux mots à son arrivée.

— Parfait. À tout à l'heure.

J'entrai donc dans son bureau en m'insufflant de faire attention à chaque parole qui sortirait de ma bouche.

— Bonjour, Mart…

Et merde…

— Monsieur Moreau, pardon, je ne sais pas ce qui m'a pris.

— Ne vous inquiétez pas, Clémence, je ne vais pas me formaliser pour si peu, voyons. Asseyez-vous, je vous prie.

Vu l'heure, il nous prépara un café. J'aimais ça chez lui, sa simplicité en dépit de son rang social élevé, et j'imaginais ma mère évoluer à ses côtés… J'avais le sentiment, je ne saurais dire pourquoi, qu'il la choierait et qu'elle serait entre de bonnes mains si…

Clémence revient sur Terre, tu es au travail !

— Je vous ai fait demander, car j'ai croisé Josiane ce matin… Et en toute sincérité, j'ai l'impression d'avoir eu affaire à une autre femme.

— Une autre femme ? Que voulez-vous dire ?

Je mélangeais ma vie réelle et ma vie fictive.

— Clémence, je ne vais pas vous faire un dessin. Vous la connaissez depuis quelques semaines maintenant. Le pitbull s'est transformé en agneau en une journée. Cela relève du miracle, ou d'un tour de magie, je ne sais pas trop.

Il déposa nos tasses sur son bureau et commença à boire son breuvage. Je touillai mon sucre avant de porter la mienne aux lèvres. Il n'était pas question de parler de notre échange musclé du vendredi soir, ceci était une affaire privée.

— Peut-être qu'un petit coup de pouce dans son quotidien était suffisant pour l'aider à sortir la tête de l'eau. La journée d'hier a été salutaire sur ce point.

— Ou peut-être qu'il y a eu autre chose aussi.

— Je ne sais pas quoi vous répondre.

« *Voter en touche* » *me paraissait la meilleure des stratégies.*

— Bon, en tout cas, Josiane m'a vendu votre concept à deux cents pour cent. Elle a insisté, au-delà de la question femme/homme et mixité des métiers, sur le fait que c'était une opportunité immense de mieux connaître les humains qui composaient l'entreprise. Et pour une personne aussi farouche qu'elle, croyez-moi, il s'agit d'un sacré compliment.

— Oui, j'ai l'impression que le contact avec Philippe s'est mieux passé que ce que j'aurais pu imaginer. Un vrai « crush » en direct, ajoutai-je exaltée.

Je me mordis immédiatement la lèvre et baissai les yeux. Monsieur Moreau surpris de ma remarque, fronça les sourcils un instant, mais ne renchérit pas. Je l'en remerciai en silence et me maudis intérieurement pour ma maladresse. Il reprit son argumentaire.

— Vous savez, la culture d'entreprise est pour moi quelque chose de majeur. C'est ce qui fait qu'une société réussira dans la durée, que ses employés souhaiteront rester et que de nouveaux profils qualifiés voudront l'intégrer. Aussi, je ne peux que saluer le démarrage de votre démarche et vous encourager à la poursuivre. Je me réjouis de voir Philippe découvrir le poste de Josy, et ensuite de mettre en œuvre ma journée avec Marie.

— Je m'en occupe.

Il m'observa quelques secondes en fronçant les sourcils et j'eus l'impression qu'un message « *C'est moi Brigitte* » clignotait sur mon front. Mon corps oscillait entre chaud et froid et je ne souhaitais qu'une chose, m'éloigner d'ici.

— C'est étrange, vous me rappelez quelqu'un, mais je n'arrive pas à déterminer qui… et je ne m'étais jamais fait la remarque avant.

Alerte, alerte, tu te débrouilles comme tu veux, mais tu t'en vas immédiatement ! Go, go, go.

— Si nous avons terminé pour ce point, je vais vous laisser, Mart… Oh pardon… Je suis véritablement confuse, monsieur Moreau.

Je me levai sans demander mon reste. Avec un peu de chance, étant une femme, il imaginerait ma vessie pleine. Pour une fois, la misogynie m'arrangeait bien, je devais l'avouer.

— Vraiment étrange comme sensation, marmonna-t-il en se frottant le menton. Oui c'est bon, allez-y. Bonne journée, Clémence, et encore bravo.

43

Impossible de reculer

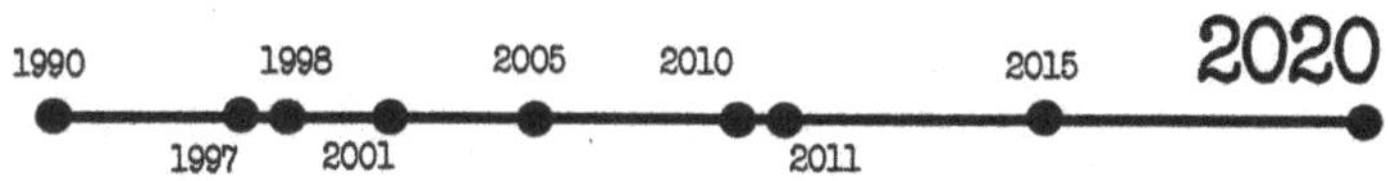

— Adèle, il faut que tu m'aides !

— Bonsoir, c'est bien aussi pour démarrer une conversation, répondit-elle railleuse en décrochant au bout de la quatrième sonnerie.

— Ah, ce n'est pas le moment…

— De quoi, d'être polie ?

L'écran de mon ordinateur irradiait affichant les échanges récents entre mon patron et ma « fausse mère ». Aussi, nulle envie de réagir à son sarcasme.

— Il souhaite me rencontrer ! Enfin non, pas moi, crus-je bon de préciser en grimaçant et en me massant les tempes, il me connaît déjà, mais ma mère, il veut rencontrer ma mère !

— Mais c'est une nouvelle génialissime ça !

— Sauf que je ne lui en ai pas encore parlé…

— Aïe…

Voilà, elle prenait conscience de là où ça bloquait. J'avais considéré bon de patienter avant de lui en toucher deux mots, et résultat, je me retrouvais au pied du mur.

— Voilà... punaise, je lui dis quoi Adèle ?

— Que tu n'as pas encore été chez l'esthéticienne et que pour le coup, il faudra qu'il attende un peu.

— Ce n'est pas le moment de te foutre de moi !

— Tu me demandes de l'aide, je te réponds.

— Mais j'aimerais une contribution sérieuse et constructive, enfin, je ne vais pas lui parler d'épilation pour un premier rendez-vous ! Et puis, je doute que ma mère sache ce que c'est d'abord...

— Hop, hop, hop, calme-toi et respire un grand coup, oui, comme ça. Ma caille, c'est normal qu'il souhaite la rencontrer.

— Mais ça ne fait qu'une semaine qu'on discute, enfin qu'« ils » discutent

— C'est déjà suffisant pour savoir si on a envie de se voir ou pas.

Je pianotais en même temps sur mon clavier « ***je reviens plus tard, ma fille au téléphone*** ». Un mensonge de plus ou de moins, je n'en étais plus à ça près.

— Vas te servir un jus de goyave bien frais et on réfléchit ensemble.

— Mais Adèle, je m'en fiche éperdument de ton jus de goyave, râlai-je en me levant, ce n'est pas lui qui va me donner la solution.

— La solution, tu la détiens déjà ma belle.

— Ah bon ?

— Tu vas parler à ta mère au plus tôt.

L'ordinateur m'indiquait la réception d'un message instantané ***« Entendu charmante Brigitte, je vous retrouve plus tard, profitez de votre moment avec... Tiens, je ne vous ai jamais demandé son prénom ? Quel impoli je fais ! Hâte de vous rencontrer et de découvrir le doux son de votre voix »***.

— Oh misère de misère, déclarai-je en me mordant les lèvres.

— Quoi encore ?

— Il vient de me demander mon prénom.

— Quoi, Brigitte ?

— Mais non, mon prénom à moi.

— Je n'ai pas compris, répondit-elle hésitante.

— Il vient de réclamer à ma mère le prénom de sa fille.

— Ahhhhhh, souffla-t-elle comme atteinte par la grâce divine. Bah, tu ne peux pas trop bluffer là-dessus.

C'était la fin, j'allais me faire attraper et virer comme une malpropre. Quelle idiote d'avoir cru que je pourrais manigancer un coup de cette ampleur sans me faire prendre.

— Vois le positif Clém.

— Lequel ?

— Tu sauras bientôt si ta mère est enfin prête à avancer ou pas… Et un jour tu pourras dire, ça n'a pas été facile, mais je n'ai rien lâché, j'ai tenu, je l'ai fait.

— Mais je n'aurai plus de boulot… soufflai-je.

— Pensées positives copine ! Raccroche, va voir Brigitte, et évite « *la langue de bois, ça laisse des échardes* ». Dis-lui les choses telles quelles. Embrasse-la de ma part au passage et informe-la que les « crush » c'est cool, je la brieferai.

J'entendis son sourire et son clin d'œil à l'autre bout du fil. OK j'allais mettre « *les pendules sur les i* » avec ma mère. De toute manière, je ne pouvais plus reculer…

44

On enlève le sparadrap !

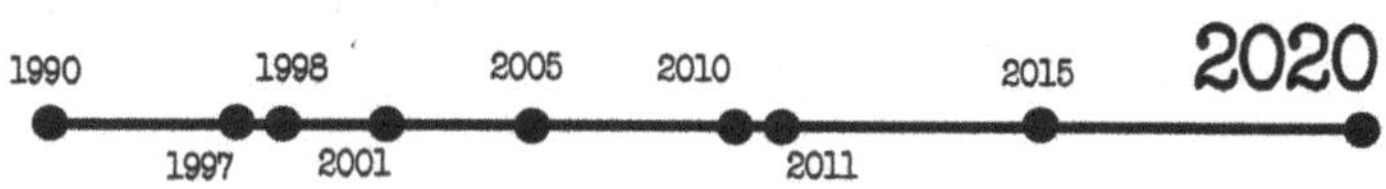

Lorsque je sonnai, ma montre affichait un peu plus de vingt heures. J'entendis le son de la télévision et ma mère se lever de son canapé avec ses pieds habillés de savates traînant sur le sol. Elle ouvrit la porte, quelque peu étonnée de me découvrir. La seule constante était le peignoir, identique à n'importe quelle heure de la journée ou du soir. L'image était d'un glamour à toute épreuve.

— Bonsoir, Maman, dis-je en l'embrassant.

— Un problème Clémence ?

— Non, non, pas du tout, je passais dans le coin…

— En semaine, à cette heure ? ajouta-t-elle en regardant sa pendule, un sourcil en accent circonflexe.

— He oui, il faut savoir changer ses habitudes, lançai-je le plus innocemment possible en rentrant.

J'avançai vers le salon, pris la télécommande et baissai le son. Adèle m'avait conseillé d'y aller vite. J'envisageais donc la fameuse technique de l'arrachage de pansement. Au pire, elle hurlerait un bon coup, puis ça passerait… ou pas. Je me calai sur son canapé et tapotai la place à mes côtés pour lui indiquer de me rejoindre.

— Tu me parais vraiment étrange. Dois-je m'inquiéter ?

— Pas le moins du monde, la rassurai-je sans scrupules.

— Bien.

Elle contourna sa table basse, avança jusqu'au sofa, s'installa, puis je posai machinalement ma main sur son genou le plus proche.

— Tu te souviens notre dernière discussion ? mentionnai-je innocemment.

Je la perçus partir quelques jours en arrière pour se rappeler nos échanges. Les médicaments n'aidaient pas à conserver une mémoire de type « participant à question pour un champion ».

— Laisse-moi réfléchir… Tu avais été assez mystérieuse, me semble-t-il, en m'indiquant un plan, non ?

— Tout à fait ! Bon, maman, je suis là, parce que ce plan, je l'ai mis à exécution.

— D'accord…

Elle était bien évidemment hésitante, ne sachant pas de quoi il s'agissait. Qu'à cela ne tienne, j'allais la délivrer du doute, et ma conscience par la même occasion.

— Maman…

— Oui ?

Les mots étaient plus compliqués à sortir que ce que je pensais.

— Je suis heureuse de t'annoncer que tu as un… amoureux virtuel, lançai-je l'air sûre de moi.

Son silence m'accueillit. Soit je l'avais perdue, soit elle se contenait, soit elle cachait sa joie.

Peu probable pour le dernier…

— Tu as entendu, maman ?

— Oui, oui… enfin… J'essaie de comprendre.

Je serrai ma prise sur son genou de façon bienveillante. J'avais en face de moi une femme fragile, démunie, à qui la vie n'avait pas fait de cadeaux. Mais c'était aussi une dame qui avait décidé à une époque de baisser les bras et d'abandonner. J'étais présente pour la soutenir dans son combat envers elle-même.

— Je vais tout t'expliquer.

— Ça serait mieux, en effet, car là… j'ai peur de saisir quelque chose qui ne me plaît pas.

— Mais non, tu vas voir. En fait, je t'ai inscrit sur un site de rencontres virtuelles.

— Un quoi ? s'écria-t-elle.

Elle n'avait beau avoir que soixante ans, je devais songer que sa vie s'était arrêtée près de trente ans en arrière. À part des séries télé abrutissantes et quelques bouquins, les nouvelles technologies, entre autres, lui étaient étrangères.

— À ton époque il y avait des petites annonces dans des journaux locaux pour trouver un partenaire, ou des adhésions dans des agences matrimoniales ou encore l'émission « tournez-manège », tu te souviens ? plaisantai-je.

Elle recula et posa sa main sur sa bouche, effarée.

Bon, là, elle a compris. J'espère que ça ne sera pas « la goutte d'eau qui mettra le feu aux poudres. »

— Maintenant, les sites Internet ont remplacé tout ça, repris-je.

— Tu as osé faire ça ?

Répondre à sa question par l'affirmative et poursuivre comme si de rien n'était.

— Oui. C'est simple, on rédige nos annonces — on appelle ça un profil — sur un ordinateur avec sa description, sa photo et en indiquant ce qu'on aime et ce qu'on cherche.

— J'ai peur de la suite… soupira-t-elle désabusée.

— Mais non tout est sous contrôle lui souriai-je. Et en second lieu, quand ta publication est validée, le site web la croise avec d'autres pour trouver le plus d'affinités entre les membres.

Elle changea de position et ses deux mains vinrent frotter nerveusement ses cuisses en regardant le sol.

— Nous avons rédigé ton annonce avec Adèle.

— Oh mon Dieu ! Sans me demander ?

— Tu aurais dit non, alors… Et bonne nouvelle, tu as eu un « crush ».

— Un quoi ? blêmit-elle.

— Un homme qui s'intéresse à toi par rapport à ton profil.

— Mon profil ? mais ça veut dire quoi, tu as mis une photo ou on me voit de côté ?

Sa naïveté était à la fois touchante et douloureuse. Elle était tellement loin de nous, de notre monde, de SON monde. Je me levai pour aller nous chercher un verre d'eau à la cuisine, je lui tendis le sien, elle me remercia et en avala plusieurs gorgées.

— Un homme s'est intéressé à toi par rapport à la description que l'on a réalisée de ta personnalité et à une photo que l'on a mise.

— Mais enfin, c'est impossible. Et puis, qu'as-tu pu dire ? Et quel portrait as-tu pu prendre, je n'en ai aucun, Clémence. Qu'est-ce que tu as fait… ? soupira-t-elle affligée.

— Tout va bien maman, je t'assure.

J'espérais au fond de moi que ça serait le cas et que la forcer à avancer était la solution.

— Il s'appelle Martin, il a cinquante-cinq ans, il est chef d'entreprise, très agréable, très poli et tu lui plais beaucoup.

— Mais voyons, il ne me connaît pas.

Je grimaçai malgré moi en répliquant.

— Si, si, il te connaît un peu…

— Que veux-tu dire ? s'insurgea-t-elle.

— Tu lui as déjà parlé en fait.

— Comment ça ? Mais bien sûr que non enfin, je n'ai discuté avec aucun homme, Clémence. Ne me fais pas passer pour plus dingue que je ne le suis.

— Tu n'es pas folle maman, tu es dépressive, c'est différent. Bref, tu as raison sur le fond, mais sur la forme, tu as dialogué avec lui.

Ses yeux s'écarquillèrent et elle s'affala au fond de son canapé type « moustache » en velours magnifique traversant les époques.

— Je ne comprends plus rien.

— En fait, connaissant ta réserve et ton caractère, j'ai amorcé la discussion… et je lui ai parlé en me faisant passer pour toi. Tu veux le voir ? Il s'appelle Martin.

— Sainte-Marie mère de Dieu ! Clémence !

Tout est maîtrisé Clémence, tu gères à fond… « Petit à petit, l'oiseau devient forgeron ».

45

Je t'aime, ma fille, mon soleil…

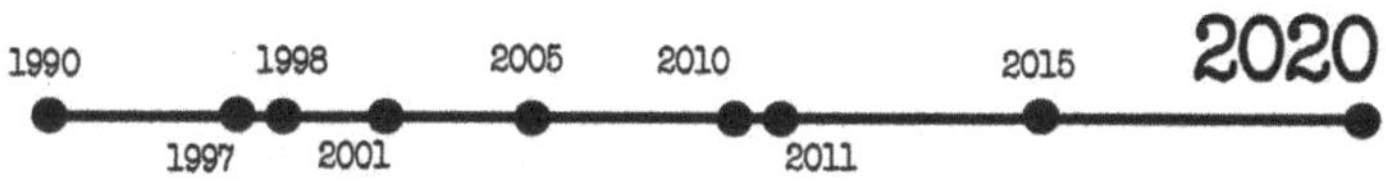

— Je ne me sens pas bien Clémence… Je n'arrive plus à respirer.

Voilà qu'elle somatisait et démarrait une crise d'angoisse. Bon, déjà, elle n'avait pas hurlé, c'était assez encourageant. Maintenant, la tranquilliser. Encore une fois, je prenais le rôle de la mère… mais une petite lueur au fond de moi m'indiquait qu'il s'agissait peut-être d'une des dernières fois.

— Allonge-toi, là, comme ça. Respire doucement, maman, je t'assure, tout va bien se passer.

Elle ferma les yeux et ne renchérit pas. J'imaginais qu'elle devait effectuer un tri dans sa tête. Peu importait, le sparadrap était ôté, les trois quarts du boulot étaient faits et même si je n'étais pas convaincue que l'opération se transforme en succès, je visais le positif, comme conseillé par Adèle. Je retournai remplir son verre d'eau fraîche et mouillai un torchon au passage pour lui humidifier le visage. Elle soupira, et je la perçus se détendre doucement sous mes légères pressions.

— Maman, c'est peut-être le moment de décider d'aller mieux pour de bon.

Je connaissais ma mère médicamentée depuis toujours, cette femme sans émotion, insipide, neutre. Je détestais la résumer à cela, mais c'était la vérité. Elle s'était robotisée au fur et à mesure des années. Or, comment changer sans émotion ? Comment revivre sans cela ? Impossible. Les sentiments étaient la base de tout et encore plus en amont était le cœur. Éveiller celui de ma mère pour la réimporter dans cette vie, transformer ses ténèbres en lumière était l'impératif. Tout à mes pensées philosophiques de bar PMU, j'entendis un son étrange venant d'elle. Ma mère pleurait. Qui disait pleurs disait tristesse, qui disait tristesse disait retrouver une partie de son humanité.

— Laisse-toi aller si ça te fait du bien. Peut-être que trop de larmes sont restées bloquées. Évacue tout ce que tu peux maman, je suis là.

Les pleurs se transformèrent en sanglots auxquels je ne résistai pas. Mes douleurs se mêlèrent aux siennes, sans aucune limite. Les miennes aussi avaient dû rester coincées trop longtemps. Les larmes intérieures étaient atroces, elles vous ankylosaient et vous rendaient amers. On devait être capable de les faire sortir lorsqu'elles le demandaient. Les larmes étaient comme les sourires, elles faisaient partie de nous, pourquoi souhaiter les faire fuir, les annihiler ? Voudrions-nous empêcher des fous rires ? Non. Souvent, on associait les pleurs à de la faiblesse. Alors qu'ils permettaient de vivre la vie encore plus forte, plus vraie. Ils étaient essentiels à l'équilibre, alors, chialons, tous autant que nous sommes afin de nous libérer des poids que nous trainons. Après la pluie, le soleil revenait toujours.

Au bout de plusieurs minutes, elle essaya de reprendre la discussion, tant bien que mal, des spasmes nerveux lui parcourant le corps. Je lui caressai les cheveux pour tenter de l'apaiser au mieux avant de poursuivre ce pour quoi j'étais venue.

— Clem… Clem… Clémence…

— Je t'écoute, maman.

— C'est, c'est… tellement dur.

— Je sais, maman, je sais. Mais tu peux y arriver, j'en suis sûre.

Elle me fit un signe et je compris qu'elle souhaitait des mouchoirs supplémentaires.

— Un homme… ma fille… je ne crois pas en être… capable.

— Et pourquoi ne le serais-tu pas ?

— Ça fait… trop longtemps.

— C'est comme le vélo, maman, ça ne s'oublie pas.

— Je, je… n'ai jamais su en faire.

— C'est une façon de parler, respire.

J'aurais tellement souhaité pouvoir me transmuter à sa place ou pouvoir lui prodiguer de ma force par télépathie. Je tentai en me concentrant, mais ne sentis rien venir. Pas étonnant.

— Je… Je… ne veux pas… te décevoir à nouveau.

— Mais maman, tu ne me décevras pas ! Si tu essaies et que ça ne fonctionne pas, eh bien tant pis ! Mais au moins, tu auras tenté. Même toi, ça te fera du bien.

Ses sanglots se tarirent et sa respiration reprit un semblant de normalité. Ses yeux restaient rouges et bouffis, la voir comme cela me déchirait le cœur, mais m'envoyait également un immense espoir que tout n'était pas mort en elle.

— Maman, tu n'as que soixante ans.

— C'est vieux ma fille…

— Mais pas du tout ! C'était peut-être vieux à l'époque de tes parents, mais c'est fini ce temps-là. Ce qui compte, c'est ce qu'il y a dans ta tête. Si tout va bien, tu peux imaginer avoir entre vingt et trente ans devant toi.

— Ne me parle pas de malheur…

Je la houspillai du regard.

— Je comprends tes efforts Clem, et je t'en remercie, vraiment. Je sais que tu ne veux que mon bien. C'est juste que… ça me fait peur.

— Et c'est une sensation normale.

— Tu m'imagines rencontrer quelqu'un ? Enfin, regarde-moi, dit-elle en se redressant du canapé pour se retrouver en position assise.

— Bah, tu n'iras pas en rendez-vous en peignoir à ce que je sache, me moquai-je gentiment.

— Tu es folle…

— Ah, c'est moi la cinglée maintenant ? lançai-je le sourire aux lèvres.

— Rahh, ne joue pas sur les mots.

— Ben, tiens, je vais me gêner. Bon, tu veux le voir ce Martin ?

Sans lui laisser le temps de répondre, je me dirigeai vers la petite entrée où j'avais déposé mon sac et attrapai mon smartphone. Mon cœur battait la chamade, peur, soulagement, inquiétude ? Je le déverrouillai et me connectai sur l'application recommandée par Adèle, mon Adèle, pensai-je avec chance.

Et lorsque je vais devoir lui expliquer les « crush », ça va être coton tout ça…

— Allez, on y va, arrêtons le suspense. Je te présente Martin.

Ma mère ne se déroba pas et contempla la photo avec attention. Des traces de larmes séchées sillonnaient ses joues. Elle était charmante, vraiment. Mélancolique, mais élégante.

— Alors ?

Elle m'observa, regarda à nouveau la photo, puis revint vers moi.

— Elles sont drôles ses moustaches, me répondit-elle souriante.

— Et tu n'as pas vu ses pantalons.

— Ses quoi ?

— Faut que je t'annonce un truc.

— Encore ?

— Un détail, rien de méchant, mais Martin… C'est mon patron.

— Ton patron ?

— Hé oui, mais il ne sait pas que tu es ma mère.

— Il ne sait pas ?

— He non, mais tu arrêtes de répéter ce que je te dis ? me moquai-je.

Voilà, je sentais le poids sur mes épaules s'amenuiser. Étrangement, ce moment avec ma mère était unique. Jamais un tel contact n'avait existé entre elle et moi auparavant. Je nous sentais presque complices et j'osais enfin lui parler naturellement, sans réfléchir aux conséquences de mes paroles. Elle s'approcha de moi délicatement pour regarder à nouveau la photo, je lui passai directement mon téléphone.

— Il a l'air gentil…

— Il l'est, réellement.

— Et il voudrait me rencontrer ?

— Bingo, tu as tout compris !

— Tu me mets dans une situation…

— J'essaie simplement d'avoir une mère vivante et un minimum heureuse pour les quelques années qu'il lui reste.

— En me cherchant un prince charmant… ?

— Heu, n'abuse pas non plus, il n'a ni épée ni cheval blanc, mais c'est vrai que ses moustaches, ma foi, elles méritent le détour…

Nous poursuivîmes la discussion plus d'une heure avant que je ne me décide à rentrer. Bien sûr je lui précisai que pour ma sécurité professionnelle, il valait mieux que Martin Moreau ne connaisse pas l'origine de nos échanges, ce qu'elle eut l'air de comprendre. Je répondis enfin à son dernier message en attente depuis presque trois heures.

« *Clémence, elle s'appelle, Clémence* »

Voilà, la pierre était lancée et rien ne pouvait la stopper. En tenant compte de notre ressemblance, il comprendrait assez vite le lien entre elle et moi. J'indiquai à ma mère que pour le moment, vu sa nullité en nouvelle technologie, je discuterais toujours moi avec lui, mais en lui téléphonant derrière pour l'informer des échanges du jour. Cela, jusqu'à la fameuse rencontre que j'essaierai de prévoir la semaine suivante. Elle accepta sans difficulté. J'étais devenue coach matrimoniale en moins de deux. Ma maman avait pleuré et souri dans la même soirée. La vie était vraiment surprenante.

46

Un job qui crée des soleils…

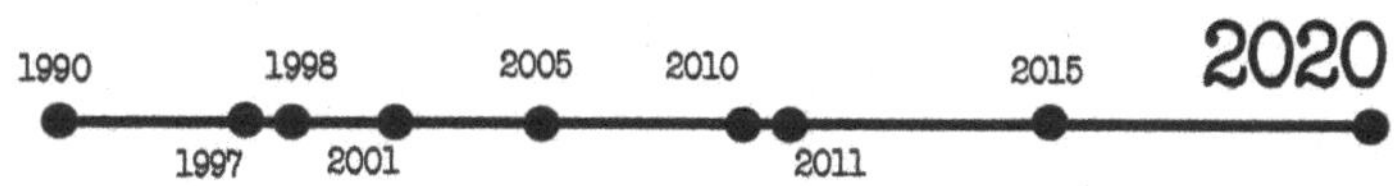

« *Clémence, elle s'appelle, Clémence* »

Coup de théâtre. Voilà pourquoi il avait eu cette impression étrange de déjà vu lorsqu'il discutait avec Clémence dans son bureau. La photo de Brigitte lui ressemblait curieusement, avec quelques années de plus évidemment. Mais la similarité des traits était bien présente. La dame de l'autre côté de l'ordinateur qui accaparait la moindre de ses pensées était a priori la mère de son employée !

Il songea que le monde était vraiment petit et s'inquiéta de cette nouvelle. Comment réagirait Clémence lorsqu'elle apprendrait que son patron courtisait sa mère ? Probablement mal et il ne pourrait pas lui en tenir rigueur. Il aborderait le sujet avec elle dès le lendemain, reculer pour mieux sauter ne servirait à rien. Le cœur un peu lourd, il rédigea son ultime réponse de la soirée.

« Très joli, Clémence. Je connais une jeune femme qui se prénomme ainsi, et si votre fille est comme cette dernière, c'est sans

aucun doute une très belle personne. Belle et douce nuit Brigitte. À demain de vous lire. »

* *
*

Le message de Martin Moreau reçu la veille avant de me coucher m'avait fait chaud au cœur. Il parlait de moi, et en bien. Pourvu que ça dure. Le trajet pour me rendre sur mon lieu de travail passa à la vitesse de la lumière, l'impression d'avoir été sous hypnose tout le long. La barrière franchie, je fis des appels de phare à Philippe qui entrait dans son entrepôt. Il me renvoya un signe amical en retour. Je me sentais bien ici, avec ces gens. Je poussai la porte du siège et tombai nez à nez avec Josiane, rayonnante, qui se leva pour venir m'embrasser.

— Bonjour jeune, fille, Martin t'attend.

— Heu, moi ?

Mes jambes faillirent flancher par l'angoisse. Je me retins à l'angle de son bureau tant bien que mal pour me soutenir.

— Oui, toi, pas ta voisine.

— Mais ce n'était pas prévu…

— Et alors ? C'est le patron, il fait ce qu'il veut, me sourit-elle.

— OK, OK. Prie pour moi dans ce cas.

— Pourquoi dis-tu ça ? Il t'adore depuis le début. Allez, file, car après, tu dois briefer Marie. La petite respire à peine depuis que tu lui as appris que la prochaine sur la liste, c'était elle avec le grand chef. Tiens d'ailleurs, je vais lui proposer de descendre pendant que tu discutes. Peut-être que je pourrais la rassurer.

C'était plus que tout ce que j'aurais pu imaginer…

— Ça serait super pour elle oui. Merci Josiane.

— Tu peux m'appeler Josy, s'exclama-t-elle joyeuse.

« De l'eau a vraiment coulé sous le vase » depuis mon arrivée.

Je poussai discrètement la porte du bureau, ce qui n'avait objectivement, aucun intérêt puisqu'elle grinçait exactement de la même façon. Martin Moreau se tenait debout, devant sa machine à café pour laquelle nous pourrions envisager une greffe afin qu'elle ne le quitte pas. Il me salua sérieusement de la tête lorsqu'un courant d'air agréable me fit frissonner.

— Vous voulez que je ferme la fenêtre ?

— Pas du tout. Au contraire, déclarai-je en rabattant la porte.

— Venez, asseyez-vous, Clémence, votre expresso se prépare.

— Merci beaucoup.

Devais-je demander la raison de ce rendez-vous improvisé, ou attendre qu'il lance le sujet de lui-même ? Je l'observais évoluer et le sentis moins léger qu'habituellement. Peut-être me faisais-je des idées ? Je le saurais bien assez tôt. Il me servit mon café et vint s'installer à sa place, me faisant face.

— Bien, Clémence, je ne vais pas y aller par quatre chemins.

Je déglutis plus bruyamment que prévu et me ratatinai automatiquement sur ma chaise, ce qui me fit perdre, à vue d'œil, dix centimètres bien tassés. Une vraie adolescente prise en faute.

— Je dois discuter avec vous d'un sujet qui me tient à cœur.

— Ai-je fait quelque chose qui vous a déplu ?

— Vous ? Non pas du tout. Vous n'y êtes absolument pour rien. C'est le destin qui nous joue des tours.

— Le destin… ?

Plus de doutes, il allait me parler de ma mère, de moi, du site.

— Clémence, vous savez que je suis divorcé…

— Oui monsieur… Mais avec tout le respect que je vous dois, c'est votre vie, cela ne me regarde pas.

— Si, ça vous concerne un peu Clémence, enfin, je crois, précisa-t-il en portant sa tasse à sa bouche.

Il dut sentir mon malaise et ne prit même pas le temps de boire sa gorgée.

— Oh, non rassurez-vous, je ne compte pas vous faire de déclaration !

— Je n'y avais pas pensé, monsieur, murmurai-je confuse.

Ce fut à mon tour de boire mon expresso d'une traite pour le regretter aussitôt. Sa chaleur que j'avais omise sous le coup de l'émotion brûla mes papilles.

— Clémence, je ne vais pas tourner autour du pot…

— Je suis virée ?

— Mais, non, enfin, qu'avez-vous donc avec vous-même ? Vous effectuez un travail incroyable, comment pourrais-je vouloir me séparer de vous ?

Lorsque vous saurez que je discute avec vous tous les soirs peut-être…

— Clémence, je suis inscrit sur un site de rencontre.

— …

— Et je pense que je dialogue avec votre mère depuis quelques jours.

— …

— Clémence ?

Donc, il avait compris la moitié positive et pas encore celle qui pouvait me faire apparaître à ses yeux comme une vile manipulatrice à licencier. Je notai une goutte de sueur perler sur son front. Son annonce avait dû lui coûter.

— Pardon, répliquai-je douteuse, en êtes-vous certain ?

— Plutôt oui, non seulement elle vous ressemble étrangement, mais en plus, sa fille se prénomme comme vous.

Son visage exprimait des traits que je ne lui avais pas encore découverts. Des mimiques embarrassées qui le rendaient vulnérable.

— OK. Je ne sais pas trop quoi vous dire… Il faudrait en être sûr déjà.

— Ça va être simple, regardez la photo et dites-moi.

Il fouilla dans son smartphone sans attendre et me le tendit. Je l'attrapai, scrutai l'écran une seconde, feignis un étonnement digne d'un Oscar, puis poursuivis.

— En effet… C'est bien elle, affirmai-je à mi-voix.

Il toussota, troublé par la situation.

— Donc, vous m'avez fait venir pour ça, monsieur ?

— Ça me semblait important que vous le sachiez. Et que vous me validiez le fait que je puisse continuer à la découvrir… ou non.

Si j'avais eu le moindre doute sur sa bienveillance, il aurait volé en éclat. Il ne souhaitait pas me mettre mal à l'aise en devant subir une relation que je ne cautionnerais pas, mais ma permission lui en coûtait.

— Vous me demandez mon autorisation ?

— Ça me paraît logique, Clémence. Vous travaillez pour moi, c'est votre mère.

Déjà qu'il était haut placé dans mon estime, il grimpa encore d'un cran sur mon échelle d'appréciation générale.

— Vous êtes deux adultes consentants, monsieur. C'est moi qui lui ai soumis l'idée de s'inscrire, car elle est seule depuis bien trop longtemps. Alors, croyez-moi, sauf si elle tombait sur un dérangé du cerveau, je la laisserais vivre sa vie.

— Un dérangé du cerveau ?

— Oui, il y en a beaucoup sur Internet.

Il se leva et ouvrit davantage la fenêtre puis resta debout pour profiter de l'extérieur. Un rayon de soleil illuminait une partie de la pièce et réchauffait l'atmosphère.

— Donc… vous acceptez que je poursuive nos échanges et que je la rencontre ?

— À une condition, monsieur.

— Laquelle ?

— Que vous changiez les meubles de mon bureau par les mêmes que les vôtres.

— Vous ne perdez pas le nord, répondit-il ironique.

— Je plaisante surtout. Vous me semblez être un homme bon et équilibré, ma mère a besoin d'une personne qui saura prendre soin d'elle et la faire sourire.

— Si la rencontre confirme notre entente, rassurez-vous, je ne voudrai que son bien-être.

Les contes de fées existaient-ils ? Non, au bout de trente ans, il paraissait juste logique et normal que ma mère eût le droit au bonheur.

— Alors tout est parfait. Allez-y doucement par contre, elle a oublié comment on faisait du vélo, insinuai-je.

— On a tout notre temps. Merci Clémence.

— Je vous en prie. Je peux disposer ?

— Oui, allez bosser un peu, je vous paie pour ça et pas pour papoter, glousa-t-il.

Définitivement, ces derniers jours devenaient les meilleurs de ma vie.

47

Il est temps…

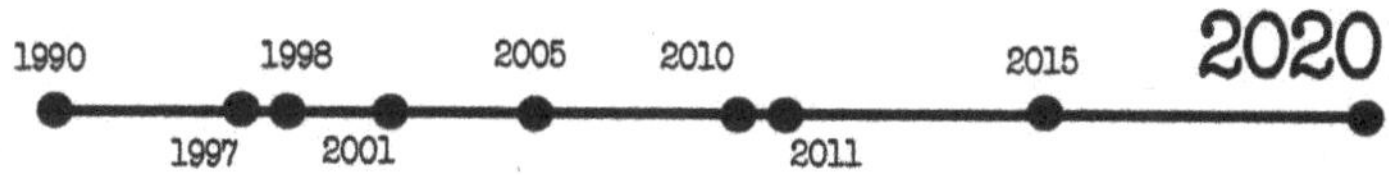

Brigitte poussa la lourde porte en bois de la paroisse. Bien qu'« auparavant », ces endroits représentaient pour elle un vrai refuge, elle n'était pas revenue dans un de ces lieux depuis son drame personnel. Mais aujourd'hui, lorsqu'elle s'était réveillée, le besoin s'en était fait ressentir. Il était là, bien présent, presque urgent. Ces derniers jours, quelque chose avait changé en elle. Sa douleur semblait plus douce, plus supportable. Elle reprenait goût aux choses, il s'agissait d'un élan subtil, mais suffisamment là pour qu'elle le ressente. Hier soir, en se couchant, elle s'était surprise à sourire, elle, Brigitte, et la sensation avait été plus qu'agréable, libératrice. L'impression de revenir à la vie, d'avoir rompu une partie de ses chaînes. Elle se souvint avec émotion d'une séance réalisée avec Claudine Bompart une dizaine d'années auparavant. Elle avait le droit. Oui, elle se sentait enfin libre de poser ce sac qu'elle avait porté si longuement sur son dos courbé par le poids du temps. Alors elle repousserait cette porte une bonne fois pour toutes et « Lui » parlerait. Elle n'espérait aucune réponse, car, vu son expérience passée, soit elle ne savait pas écouter, soit IL n'en donnait jamais, mais peu lui importait. Elle voulait simplement évacuer ses maux par des mots auprès de celui qui, auparavant, était son guide, et qu'elle avait abandonné, comme tout le reste, durant près de trente ans.

À peine entrée, elle s'imprégna à nouveau de l'ambiance côtoyée jadis. Une sensation de plénitude l'envahit tandis que son odorat se remémora ses effluves familiers. Elle avança jusqu'au bénitier à sa droite, se signa en silence, les yeux clos, puis poursuivit lentement le long de l'allée principale caressant les bancs de ses doigts, jusqu'à se positionner devant l'autel.

— Pardonnez-moi, murmura-t-elle.

L'enceinte était vide. Elle décida de s'asseoir au premier rang, légèrement décalée par rapport au centre. Son sac trouva place à ses pieds, au niveau du petit socle en bois présent sur tous les bancs. Ses mains se joignirent et elle s'adressa au plus grand comme si elle n'avait jamais cessé de le faire. Ses lèvres ne bougeaient pas, c'était une discussion intérieure comme elle avait l'habitude de la pratiquer avant.

« *Me voilà, je suis revenue. Je sais, j'ai été absente longtemps, mais je n'ai pas été absente qu'ici, vous savez. J'ai été défaillante de ma vie complète. Bien sûr que vous le savez. Vous êtes omniscient…*

J'ai longtemps espéré un signe de vous, je vous en ai voulu de votre silence. Je me suis demandé, à de multiples reprises, si vous étiez réel ou la pure invention d'un humain fou manipulateur ayant simplement soif de dominer les hommes il y a plus de deux mille ans. Mais je n'arrive pas à admettre que vous ne pourriez n'être que cela… Malgré mes nombreux doutes, mon cœur veut croire en vous.

J'étais en colère, je vous ai maudit, je vous ai détesté puis je vous ai oublié… et dernièrement, j'ai réalisé que ce signe, vous me l'aviez bien adressé… Je l'avais devant mes yeux… depuis trente ans ! Vous m'avez envoyé ma fille, ma Clémence, et moi, j'étais aveugle au milieu d'une nuit sans fin. Rien, je n'ai rien vu.

Un bruit de pièce la fit sortir de sa communion. Une dame âgée venait de déposer une offrande pour allumer un cierge non loin d'elle. La lumière de la flamme représentait un symbole d'espoir, d'amour. Elle ferma à nouveau les yeux pour poursuivre sa prière.

"Pourquoi ai-je mis autant de temps ? Ne me le demandez pas, je n'ai pas la réponse, et je ne l'aurai probablement jamais…

Vous savez quelle est ma plus grande interrogation ? Je ne sais pas si j'ai perdu trente ans, ou si ces trente années se sont déroulées comme il le fallait sur mon chemin de vie. Ce dont je suis sûre, néanmoins, c'est que je ne peux pas faire machine arrière pour réparer ce que j'ai détruit… Vais-je à présent culpabiliser pour cela ? Je vais certainement vous étonner, mais… non. Je crois que je dois optimiser le laps de temps qu'il me reste. J'ai dormi longtemps, trop longtemps, à l'image de la belle au bois dormant. Maintenant, je suis à nouveau réveillée et je dois avancer et poursuivre mon chemin. Je dois devenir la mère que je n'ai jamais été et redevenir la femme que j'ai négligé d'être.

Pour autant, je n'oublierai jamais l'épreuve subie, Elliot est là, en moi. Son souvenir le rend vivant même si ma seule possibilité de maman est de supposer ce qu'il aurait pu être et qu'il n'aura jamais été. Voilà le plus compliqué. S'en tenir à mon imagination, avoir inventé mon fils chaque nouveau jour que vous créiez, parce que je n'ai pas eu le temps de le rencontrer. L'avoir deviné dans les traits de sa sœur. Voilà ce qui a été mon calvaire.

Je sais, vous allez encore m'annoncer qu'il y a toujours pire… Comme ce gynécologue, celui qui m'avait mis la première gifle dans cette épreuve en m'indiquant que je devais être heureuse d'en avoir au moins un sur deux. Je n'ai jamais compris comment ce genre de mots pouvait sortir de la bouche d'un être humain normalement constitué. Son regard et sa voix me hantent depuis trente ans…

Vous me direz de penser à ceux qui ont vraiment eu le temps de connaître leurs proches, de vivre en leur compagnie avant d'être séparés à jamais. Et vous aurez d'une certaine manière raison, le manque des gens qu'on aime et que l'on côtoie au quotidien est une chose affreuse. Mais j'ai envie de vous répondre : je vous en supplie, ne comparez pas les douleurs. N'essayez pas de me faire relativiser quelque chose que mon esprit ne voudra pas entendre. Ne mettez pas de la compétition là-dedans. Savoir qui souffre le plus, on s'en fout. On saigne à l'intérieur, peu importe notre vécu, notre âge, la couleur de notre peau, notre statut social... À chacun sa manière de traverser ses peines. Chaque tourment est unique parce que nous, vos enfants, sommes uniques. La douleur ne disparaît jamais, on apprend à vivre avec.

Je suis heureuse d'être ici, à vous parler... Sincèrement. Et je sais, au fond moi, que vous ne me tiendrez rigueur de rien. Je refuse l'idée d'un Tout-Puissant vindicatif et punisseur. Vous êtes tellement plus que cela.

Je me sens prête, vous entendez. Je suis prête à respirer à nouveau. Je suis prête à accepter que le départ d'Elliot ne fût pas de mon fait. Je découvre à nouveau la lumière, grâce à vous, et surtout avec l'aide de Clémence. Cette petite porte le soleil que vous lui avez donné et il est d'une puissance à toute épreuve. C'est un ange. Ma vie reprend, la sienne commence enfin. Accompagnez-la, vous ou un de vos acolytes, je vous en conjure, elle mérite d'être heureuse.

Je vais vous laisser, je pars reconquérir le chemin du bonheur. Aidez-moi à donner le meilleur de moi-même pour ce qu'il me reste à vivre dans ce monde.

Merci. Amen.

48

Si c'était à refaire…

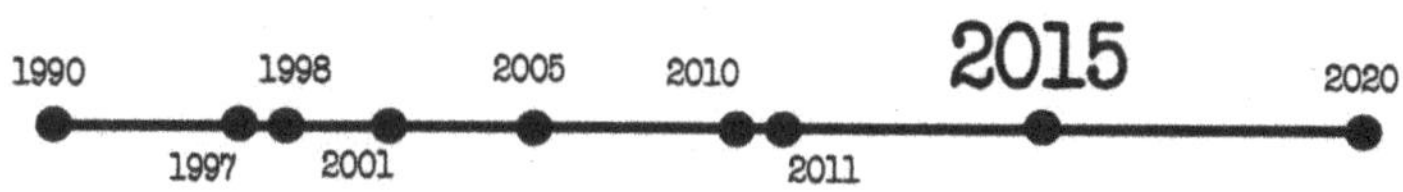

Victor observait le plafond de sa chambre médicalisée. Ce plafond qu'il connaissait par cœur à force de le scruter douze heures par jour, dans la même position depuis des mois. La moindre de ses aspérités n'avait plus de secret pour lui. Si ses mains fonctionnaient, il aurait pu le redessiner au minuscule détail près. À soixante-quinze ans, il était alité depuis déjà trois ans des suites d'un AVC. Bien que peu mobile, les draps rêches lui irritaient la peau.

Ce grand-père usé par la vie arrivait au bout du chemin. Avec un mélange de crainte et de soulagement, il sentait l'heure de la délivrance approcher. Son corps rempli d'escarres de plus en plus douloureuses s'allégeait tandis que sa conscience s'amenuisait. Il rejoignait enfin son fils, tout du moins, c'était ce qu'il espérait.

Sa vie s'était éteinte le jour de sa perte, plusieurs dizaines d'années auparavant. Son corps fonctionnait, mais son esprit s'était échappé de ce monde. Il était pourtant resté debout, avait poursuivi son travail et ne parlait jamais de sa vie à personne. Une fausse pudeur qui l'avait éloigné de son humanité.

Petit à petit, il avait fait le vide autour de lui. Son épouse, ses amis, sa famille... ses collègues. Son métier, choisi par vocation dans sa jeunesse, était devenu sa croix. Il devait assister les parents dans leurs nouveaux rôles. Donner la vie à des enfants là où on lui avait enlevé le sien avait été pour lui d'une injustice à toute épreuve.

Aujourd'hui, il arrivait à la conclusion que cette existence avait duré trop longtemps et sa fin en solitaire et amoindrie s'en trouvait méritée. Il se demandait chaque jour combien de personnes il avait blessées par ses mots durs. Combien de parents ayant des anges nés avait-il déroutés par ses propos froids ? Il se souvint ses sentiments impurs, ceux qui se repaissaient de la douleur des autres. Était-il devenu un monstre par la force des choses ? Dans ces moments tristes, il n'était plus seul à souffrir de la perte de son enfant, et deviner la détresse des autres lui apportait une maigre consolation sur l'instant.

Plusieurs fois, il s'était senti sombrer, proche de l'acte irréparable, jusqu'au jour où le cap fut franchi. Il se souvint parfaitement de la famille en question, il y a plus de vingt-cinq ans. Les Laugnac. La maman attendait des jumeaux, mais tout ne s'était pas passé comme prévu... Quelques heures avant la délivrance, il avait vu qu'un des deux enfants était en très mauvaise posture dans le ventre de sa mère. Cette découverte lui avait fait naître une émotion sordide au fond de l'âme. Ce jour encore, il ne serait pas seul à subir une perte qu'il n'avait pas choisie...

Il leur avait annoncé sans ménagement que le petit garçon était mort-né... Alors que ce dernier respirait faiblement à sa sortie, un souffle quasiment imperceptible. À cet instant, son cerveau vrilla et, seul dans la pièce, il décida de laisser agir le destin, sans intervenir, en observant cette minuscule vie quitter ce corps si fragile. Il se souvint avoir posé sa main sur l'abdomen du bébé, discernant le mouvement du plus en plus léger, jusqu'à la fin... Il avait suffi d'une poignée de secondes pour que le nouveau-né s'éteigne complètement entre ses mains. Peut-être aurait-il pu le sauver… ou peut-être pas. Il n'avait rien tenté, préférant le laisser entre les mains de plus grand. Enfin, c'était ce qu'il s'était dit pour se dédouaner de son propre choix, car sur le moment, il s'était senti lui-même tel un Dieu, ayant droit de vie ou de mort sur ses congénères. Une puissance irrationnelle l'avait habité, proche de la folie. Par la suite, cela avait été si simple d'annoncer aux parents que rien n'avait été possible et qu'ils devaient se contenter d'en avoir au moins un sur les deux en bonne santé. Lui n'avait plus rien.

Aujourd'hui, il se remémora ce plaisir sale qu'il avait ressenti. Le hurlement de la mère, la colère du père face à l'impuissance de la situation et en réaction épidermique à ses mots. Comment avait-il pu réagir de la sorte ? Comment avait-il pu trouver refuge et sérénité dans ce genre de drame vécu par ses pairs sauf à être devenu un démon ? Il espérait avec du recul, qu'ils avaient réellement pu faire leur deuil, et pourquoi pas, agrandir la famille par la suite…

Il ne saura jamais que sa non-intervention aura joué un rôle majeur dans l'explosion de cette famille.

Victor oscilla légèrement la tête sur son coussin et ferma ses yeux humides par le repentir. Peut-être aurait-il dû faire autrement ? La perte d'un enfant s'apparentait au drame le plus compliqué à surmonter. Peut-être aurait-il dû s'ouvrir au lieu de se refermer sur lui-même ? Aller parler, suivre une psychanalyse pour réussir à accepter sa perte immense. Beaucoup s'en sortaient alors pourquoi lui, avait-il échoué ? Pourquoi avait-il sombré du mauvais côté ? Pourquoi se dirigeait-on vers le néant plutôt que vers la lumière, qui orientait cela ? Et que cela impliquerait-il pour « l'après » ? S'il retrouvait son fils, celui-ci jugerait-il sa vie humaine comme misérable ou comprendrait-il que la douleur était trop forte pour y survivre ?

Une part de lui aurait voulu pouvoir s'excuser, mais son attaque l'avait, entre autres, privé de sa parole et d'une grande partie de sa mobilité. Et de toute manière, il n'aurait jamais pu identifier tous les parents croisés sur sa route.

Il partit cette nuit-là avec son fardeau et ses remords. Celui de ne pas avoir été l'homme qu'il aurait espéré être. Celui d'avoir été un individu entièrement dominé par sa souffrance.

Si c'était à refaire, il ferait différemment. Mais nul ne pouvait rattraper le temps perdu, ni lui, ni personne.

49

Pour toi, petit frère…

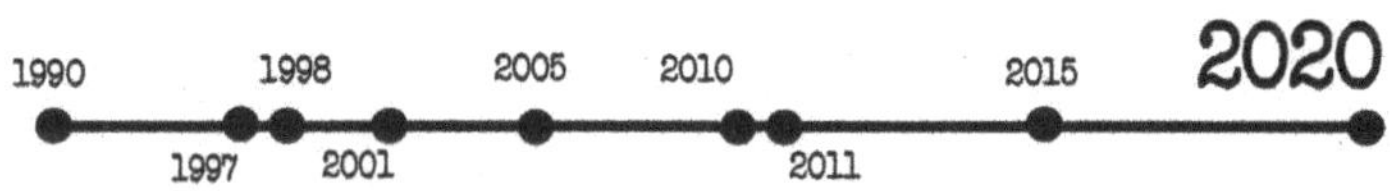

Me revoilà au milieu de la forêt, au bord de cette rivière que j'aimais tant, seule au monde. Ce lieu était symbolique de mon pèlerinage rien qu'à moi, mon Saint-Jacques de Compostelle en bien plus accessible et sans pour autant mêler la religion à mes ressentis. Ici, je pouvais respirer à pleins poumons et dire des choses que seul l'univers comprenait. Ici, j'avais l'impression de pouvoir entrer en contact avec n'importe qui. Tous mes sens étaient en alerte, je pouvais à la fois goûter, entendre, sentir, voir et toucher mon environnement. Tout le monde devrait disposer de ce genre d'endroit secret pour se recueillir.

Aujourd'hui, je me devinais plus légère que jamais et c'était avec mon frère que je souhaitais partager mes états d'âme, méditer sur la vie en général et sur nos dernières réussites.

"Parfois, je ne sais comment l'expliquer, mais je pressens ta présence. Un rayon de soleil, une odeur, la caresse du vent dans mes cheveux… Comme si, malgré ton absence, tu m'accompagnais à chaque instant

dans cette vie. Est-ce que ce qui semble invisible à nos yeux ne pourrait pas être perceptible dans nos cœurs ? Je m'interroge sérieusement.

Maman va mieux, tu dois le savoir, mais j'ai besoin de te le dire. Après toutes ces années, cela relève du miracle. Un peu comme une personne tombée dans le coma et qui se réveille plus de trente ans après, tu imagines ?

Je repense à mon entretien, il y a quelques semaines. Le fait d'être embauchée pour un poste non planifié initialement était improbable, et c'est pourtant arrivé. Et si tout avait un sens ? Et si tout était écrit ? Peux-tu simplement concevoir que j'ai été acceptée sur une offre d'emploi imprévue en ratant mon audition… et qu'à présent, maman et mon patron se fréquentent ? Il a suffi d'une minute dans mon existence pour que tout change, qu'un autre chemin se dessine, sans que je ne le voie au début.

Je m'interroge depuis sur l'arbre des possibles. Existe-t-il seulement ? Dès lors, est-ce que notre besoin de contrôler nos vies est vain ? Nos craintes sont-elles inutiles puisque peur ou pas, ce qui doit arriver arrivera ? Qui bat les cartes ? Qui joue ?

Et papa, je pense souvent à lui. Notre relation inachevée me laisse un goût amer, mais je n'ai pas le pouvoir d'y changer quoi que ce soit… Je ne peux qu'accepter et poursuivre ma route en essayant de mettre de côté ces regrets éternels.

Je crois profondément qu'il existe des choses qui nous dépassent. La vie est pleine de mystères, c'est beau et effrayant à la fois. Mais je considère qu'elle est bien faite. Peut-être que si tu es parti si tôt, il y avait une raison. J'ai envie d'y croire, peut-être pour me rassurer, ou peut-être naïvement, car j'aimerais l'idée d'un au-delà bienveillant, logique, qui veille sur nous et nous aiguille.

Cela me rappelle ce que j'imaginais petite, je voulais être magicienne, te souviens-tu ? En fait, à notre manière, je suppose que nous sommes tous les enchanteurs de ce monde bien plus grand que nous. Il suffit de savoir l'écouter et de laisser parler nos cœurs. Chaque geste a son importance et le cœur, ce guide universel, se trompe rarement. Le mien me signifie que tu es là, auprès de nous, depuis toujours. Peut-être même que tu as joué un rôle dans tout ça. Dans nos réussites.

Ah, et maman m'a indiqué dernièrement que je portais le soleil du Seigneur en moi. Si je voulais faire de l'humour, je dirais qu'elle est dingue. Mais je crois plutôt que je porte celui que tu m'as offert avant de t'éclipser en silence, mais ça restera notre secret.

Merci d'être là, invisible à mes yeux, mais présent à mon âme.

« Qui vivra mourra ».

Je t'aime.

Remerciements

Vous venez de terminer la lecture de mon 4ᵉ roman, écrit les longues soirées et nuits de confinement entre mars et juin 2020. Le thème de la dépression me tenait particulièrement à cœur, car ce mal touche toujours plus de monde. Certains pour des raisons justifiées, d'autres peut-être moins, mais quoiqu'il en soit, c'est une souffrance quotidienne pour celles et ceux qui la porte, mais non moins pour les proches qui la subissent. Bien sûr, je reste moi, aussi, l'histoire est profondément positive et optimiste. J'ai voulu cheminer du sombre vers la lumière et j'espère que vous aurez accompagné Clémence avec vos bonnes ondes et de multiples sourires le temps de tourner ces quelques pages. Le deuxième thème sur l'égalité femmes/hommes est également d'actualité. Comment faire évoluer la société vers plus d'équité concernant les genres ? Loin de moi les pensées extrémistes, j'aspire juste à des hommes et des femmes qui se feraient confiance dans leurs différences et complémentarités. Mais certaines choses doivent encore évoluer dans les mentalités et pour cela, nous devons parler et débattre de ces sujets sans langue de bois.

Je remercie chaleureusement les éditions Ramsay de croire en mes récits et de leur permettre d'être dans les rayons de nombreuses librairies. Je vis un rêve grâce à vous, Olivier et Ermira, puisse-t-il se poursuivre !

Ma fille, mon Éloïse, qui ne tardera plus à me dépasser si cela continue ! Du haut de tes onze ans, tu es une jeune fille dont tu peux être fière, en tout cas moi, je le suis. Ton sourire est le plus beau des cadeaux au monde. Garde-le et n'oublie pas, les joies partagées sont décuplées et les peines partagées sont diminuées. Ne cherche pas à être parfaite, personne ne l'est (non, même pas moi ;) ne rigole pas !!!), mais essaie de faire de ton mieux, de vivre ta vie sans barreaux, d'aider ceux qui croisent ton chemin, d'accepter qui tu es et de te respecter et n'oublie jamais à quel point je t'aime. Merci d'exister !

Mes parents, pour votre soutien sans faille, vos remarques qui me font constamment grandir, même après quarante ans. Bien que nous soyons très différents sur de nombreux points (oui, je remettrai toujours à après-demain ce que je peux faire la veille... ;)), vous êtes mes parents chéris et c'est tout ce qui compte. Vous faire sourire fait partie de mon bonheur.

Ma sœur, qui croit en moi plus que ce que je ne le mérite. Ce qui importe dans la vie, c'est d'avancer, de faire des choix et de ne rien regretter, car rien n'arrive sur notre chemin par hasard. Sois fière de ton parcours et de qui tu es ! ;)

Mon amoureux, mon équipier, mon partenaire, mon complice, Christian. Grâce à ta présence, je me sens complète dans cette vie, et cette sensation est d'une préciosité rare. Continue d'inspirer mon âme comme tu sais si bien le faire et merci d'être là, de m'encourager toujours plus haut, plus loin. Merci de partager cet amour si inattendu, si pur, si sincère. Merci d'être toi et de m'avoir ouvert ton monde. Les chemins les plus escarpés mènent aux plus belles destinations, n'est-ce pas ? ;)

Mes relectrices, "bêtas lectrices" (loin d'être idiotes ;)), merci de m'accompagner avec votre enthousiasme débordant et vos remarques constructives qui permettent un vrai travail d'équipe, sincère, sans langue de bois. Nelly, Sophie, Céline, Rose-Marie, et dernièrement Nathalie, merci pour votre aide et votre patience à toute épreuve.

Mes amies et amis, nos échanges, nos rires, nos repas (surtout le poulet au curry...) nourrissent ma vie ! J'ai la chance d'être bien entourée et de vous avoir auprès de moi. Vous êtes mes piliers, mes épaules, mes béquilles, mes déménageurs (oui, tout ça...). Et si on disait que l'on continue comme cela pendant au moins les quarante prochaines années ? ;)

Chers lecteurs, lectrices, libraires, chroniqueurs, chroniqueuses... Merci à vous pour votre confiance et de faire entrer Clémence (et tous les autres) dans vos intimités respectives. C'est un honneur lequel j'espère, saura être à la hauteur de vos attentes. J'écris pour faire du bien, alors si j'atteins ce but, je pourrais dormir tranquille.

Merci d'être vous.

Table des matières

ISBN : 978-2-81220-244-5
222, Boulevard Pereire - 75017 Paris
www.ramsay.fr

Réalisation : Ramsay Médias, Romorantin (41)
Illustration couverture : ©Virginie Guilbot - Freepik
Imprimé en France par CPI (163630)
Dépôt légal à parution